Für dich,

möge das Licht der Welt dich begleiten

und fühlen lassen, dass wir in Liebe

durch alle Zeiten hindurch verbunden sind.

Deine

Dane Sopa

Über den Autor:

Dane Sopa, 1956 und 1952 geboren, sind zwei Reiselustige, die mit ihren Büchern alten Orten neues Leben einhauchen. Sie lassen sich von der Energie der Landschaft inspirieren und entführen mit ihren Geschichten die Leser in eine Welt zwischen den Zeiten.

Dane Sopa

Mystische Steine aus der Zukunft

Der Zeitenwanderer

Roman

Bibliografische Information der Deutschen Nationalbibliothek:
Die Deutsche Nationalbibliothek verzeichnet diese Publikation in der Deutschen Nationalbibliografie; detaillierte bibliografische Daten sind im Internet über http://dnb.dnb.de abrufbar.

Herstellung und Verlag: BoD – Books on Demand, Norderstedt

ISBN: 978-3-7568-1356-8

Ich liebe Albert Einstein (1879 – 1955) für seine Zitate:

„Das Schönste, was wir erleben können, ist das Geheimnisvolle.“

„Logik bringt dich von A nach B. Deine Phantasie bringt dich überall hin.“

„Der intuitive Geist ist ein heiliges Geschenk und der rationale Verstand ein treuer Diener. Wir haben eine Gesellschaft erschaffen, die den Diener ehrt und das Geschenk vergessen hat.“

Prolog

Plötzlich vernahm er ein Rauschen in den Ohren. Und nun stand er hier.

Barfuß, nur mit seinem Schlafanzug bekleidet. Vorsichtig lugte er um den breiten Baum herum. Er traute seine Augen kaum, träumte er oder war das Wirklichkeit? Auf einer Lichtung, in das silberne Licht des Mondes getaucht, stand sie. Eine junge Frau nur von einem grauen Fell als Kopfschmuck bedeckt. Das Fell umspielte sanft den Rücken. Das Licht des Vollmondes ließ ihren makellos schlanken und doch muskulösen Körper erstrahlen, einer Göttin gleich und dennoch als menschliches Wesen zu erkennen. Die Arme hatte sie zu einem V geformt, gen Himmel gestreckt und aus ihrem Mund kam ein lieblicher Gesang. Es schien, als ob die Energie des Himmels auf die Erde strömen würde.

Wer war sie? Und vor allem, wie kam er hierher in diese faszinierende und dennoch so fremde Welt? Neugierig streckte er seinen Kopf hinter dem mächtigen Baum vor, darauf bedacht, seine Deckung zu behalten, aber möglichst viel von dem Mädchen zu sehen.

Der Wald vibrierte förmlich von ihrem Gesang und er fühlte sich verbunden mit Himmel und Erde.

Traum oder Wirklichkeit?

Am Morgen erwachte Waldemar aus tiefem Schlaf. Was war das bloß für ein Traum heute Nacht. Noch immer spürte er die Vibration in seinem Körper. Was für ein himmlisches Wesen durfte er in seinem Traum erleben. Neben ihm schlief selig die Liebe seines Lebens. Wie engelhaft sie doch aussah, wenn sie schlief. Er liebte es immer, wenn er vor ihr aufwachte, denn dieser Anblick war für ihn jedes Mal der perfekte Start in den Tag. Langsam riss er sich von diesem Anblick los, um in der morgendlichen Dusche endgültig wach zu werden. Doch was war heute los? Seine Füße waren etwas schmutzig, und zwischen den Zehen seines linken Fußes steckte eine trockene Kiefernnadel. Schlagartig war er wach und sein Blutdruck schnellte in die Höhe. „Bloß schnell duschen und erst mal zur Ruhe kommen" war sein nächster Gedanke. Langsam rann das warme Wasser über seinen Körper und von Minute zu Minute wurden seine Gedanken wieder klarer. Vielleicht hatte er ja nach dem abendlichen Gassi gehen mit dem Hund übersehen, dass seine Füße etwas schmutzig wurden und sich so ins Bett gelegt. Ja, das musste es sein! Denn ein Traum, so realistisch er sich auch angefühlt hatte, ist und bleibt schließlich ein Traum. Ausgerechnet heute musste er so früh aufstehen, um einen Kunden zu besuchen. Sogar eine Übernachtung war geplant. Der Hund Rulibuu hatte nur einen fragenden Blick für ihn übrig und war froh, dass er noch weiterschlafen durfte.

Waldemar gab seiner Ehefrau Rotraud noch einen sanften Kuss und schlich sich aus dem Haus. Frühstücken wollte er erst später an einer Raststätte. Die Strecke Richtung Norden war ihm nur allzu gut bekannt. Nach zwei Stunden sollte die Raststätte kommen und wie immer wollte er seinen Cappuccino genießen und ein Croissant essen. Aber heute war alles anders! Die Vibration der Autobahn vermischte sich mit der Vibration des Traumes und schon sah er die junge Frau auf der Lichtung vor seinem geistigen Auge. Das Dröhnen der Autoreifen wurde eins mit der Melodie der Schönen und der Klang der fremden Sprache drang an sein Ohr. Welch herrlicher Zustand in der Triste einer sonst monotonen Autofahrt. Hatte er dies alles geträumt oder durfte er letzte Nacht eine Wanderung durch die Zeit machen? Und in welche Zeit überhaupt? Bisher hatte er für Romane, die sich mit Zeitreisen beschäftigen eher ein müdes Lächeln übrig. Seine Rotraud hatte dagegen eine Vorliebe für dieses Genre und daher hatte er im Urlaub auch schon das eine oder andere Mal so einen Schinken in der Hand, ohne jedoch intensiv darin zu lesen. Sein Metier waren doch eher Fachliteratur oder im Urlaub vielleicht auch einmal ein Krimi. Mittlerweile war er schon aus dem Auto ausgestiegen und lief Richtung Raststätte. „Waldemar reiß dich zusammen“, sprach er laut zu sich selbst. „Bleib am Boden der Realität:“ Viel zu laut hatte er die letzten Worte gesprochen, denn der Mann der ihm gerade entgegen kam, drehte sich erschrocken um. Selbst der Genuss des

Cappuccinos blieb ihm heute versagt. Nur schnell wieder ins Auto, denn dort warteten die genussvollen Momente der letzten Nacht auf ihn. Nach weiteren zweihundert Kilometern war die Reise beendet. Er stieg aus, stampfte ein paar Mal auf den Boden, ermahnte sich zur Realität zurück zu kommen und ging wie immer, gekleidet in den Mantel der Zuverlässigkeit, in das Büro des Kunden.

Hoch oben im Norden, vor ca. 5000 Jahren

Wulfin war die Priesterschülerin der Amselleute auf einer kleinen Insel in der Ostsee. Sie wohnte bei der weisen Erdfrau Hagla auf dem Hügel oberhalb des Dorfes.

Die Dorfbewohner lebten vom Fischfang. Das Dorf der Amselleute lag direkt an der Ostseeküste. Es war eine friedliche Dorfgemeinschaft mit dreizehn Herdfeuern. Der Clanführer hieß Gunnar und seine Tochter Wulfin. Das Schicksal wollte es so, dass die Mutter bei Wulfins Geburt starb. Obwohl das nun schon einige Jahre zurück lag, war Gunnar weit davon entfernt, sein Herz einer neuen Gefährtin zu schenken. Der hünenhafte, muskulöse Mann mit den roten Haaren, die immer von der Seebrise zerzaust wirkten, hätte längst der Versuchung der freien Dorfbewohnerinnen erliegen können, aber er sagte immer: „Wer meint, Liebe planen zu können, der täuscht sich, man muss sie zulassen und sich darauf einlassen, damit sie dauerhaft bei einem bleibt - und diese Liebe wurde mir bereits geschenkt“. So lebte er in all den Jahren mit seiner Tochter am Herdfeuer seiner Schwester Rana und deren Gefährten Ore. Für Rana war Wulfin ein Geschenk des Himmels, denn ihre Zwillinge überlebten beide die Geburt nur kurze Zeit. Deshalb musste sie die beiden loslassen und den Göttern des Meeres übergeben. Eine Bestattung in der Stätte der Ahnen durfte erst erfolgen wenn ein Kind mindestens zwölf Monde überlebt hatte.

Wulfin war von der ersten Minute ihres Lebens an ein besonderes Mädchen. Als die Zeit der Niederkunft kam, ging ihre Mutter wie üblich in den Wald, um dem Kind das Leben zu schenken. Als man nach drei Sonnenaufgängen immer noch vergeblich auf ihre Rückkehr wartete, machte man sich auf die Suche. Die Frauen des Dorfes suchten an allen bekannten Geburtsstätten auf dem Hügel. Zuerst fanden sie die junge Mutter. Die Göttin hatte sie bereits zu sich gerufen. Aber wo war das Kind? Zuerst dachte man, die Wölfe hätten das Kleine gefressen, als man ein leises Wimmern vernahm. Das Neugeborene lag ein paar Meter entfernt auf dem Moos und ein kleiner Wolfswelpe wärmte das Kind. Von nun an blieb der Wolfswelpe immer bei der Kleinen, deshalb wurde das Mädchen Wulfin genannt. Ihre Tante Rana hatte noch Muttermilch, konnte sie nähren und ihr Liebe schenken. Die Dorfältesten hatten Gunnars Kind eine wichtige Rolle vorhergesagt und nun wurden sie durch die Vorfälle darin bestärkt. Die Runen weissagten ihr ein Leben als Heilerin und Priesterin des Alleinen.

Jahre später kehrten die Männer wieder einmal von ihrer großen Herbst-Fischfangreise zurück. Ore von den Amselleuten hatte gerade sein Boot an Land gezogen. Die Reise war sehr beschwerlich und die Männer mussten an die Grenze ihrer Kräfte gehen. Das Meer war ziemlich wild gewesen und die Boote hatten größte Schwierigkeiten über Wasser zu bleiben. Trotzdem war der Fang gut gewesen, so dass sie wieder lange davon leben konnten. Sie brachten Aale, Dorsche, Barsche, Heringe und viele Früchte des Meeres mit. Ore freute sich auf seine Gefährtin Rana. Es machte ihn immer wieder stolz, wie sie es geschafft hatte nach dem Tod ihrer Zwillinge die Kraft zu haben den Säugling ihres Bruders zu nähren. Für sie war es ein Geschenk des Himmels, weil wenigstens ihre Muttermilch zum Leben eines Kindes beitragen konnte. In all den Jahren wartete sie vergeblich auf ein eigenes Kind und so war sie für die Kleine ganz selbstverständlich die Ersatzmutter geworden. Rana hatte ihren Gefährten Ore schon gesehen, sie lief ihm entgegen. „Wie schön sie ist“, sagte er sich. Endlich sah er sie wieder. Dass sie sich auch freute, konnte man an ihren leicht geröteten Wangen deutlich erkennen. Männer, Frauen und Kinder, alle halfen mit, den reichen Fang in den großen Netzen an Land zu ziehen. Jeder wusste genau was er zu tun hatte, und jeder Handgriff war vertraut. Die Jungen hatten die Aufgabe die Fische zu sortieren. Es machte einen Riesenspaß, wenn sie sich die Fische zuwarfen. Die älteren Frauen schuppten die Fische in einer Geschwindigkeit, die nur durch eine jahrelange Routine erreicht werden konnte. Danach wurden die Fische sofort in eine Salzlake eingelegt. Die Fettarmen wurden zum Trocknen auf Schnüre gefädelt und an Stöcken befestigt, um in Sonne und Wind zu trocknen. Bei dieser Prozedur galt es besondere Aufmerksamkeit zu haben, schließlich sollten die Stockfische die Nahrung für den Winter sein und da wäre jeder Fehler einer zu viel gewesen. In den ersten Tagen mussten ständig die Fliegen weggewedelt werden. Das war die Aufgabe der älteren Kinder und für sie war es eine besondere Ehre, dies tun zu dürfen. Die fetteren Fische wurden geräuchert, um in den nächsten Wochen Nahrung zu spenden. Dann gab es noch die Fische, die in der Salzlake konserviert wurden. Andere spießte man auf Stöcke, um sie über dem großen Feuer auf dem Dorfplatz zu braten. Im Feuer waren große Steine aufgeschichtet worden, an die man die gespießten Fische anlehnen konnte. Die Frauen hatten Wurzeln gekocht und Salate aus bunten Kräutern mit Gänseblümchen, Löwenzahnblättern, Sauerampfer, Minze und anderen Kräutern gezaubert und in Tongefäßen auf einem riesigen Holztisch am Rande des Feuers so angerichtet, dass alles von jedem gut zu erreichen war. Es war ein fröhliches, buntes Treiben. Die weise Erdfrau Hagla dankte Gott und Göttin für den reichlichen Fischfang und dass alle wieder heil und gesund zurückgekommen waren. Auch um den Segen für das gute Gelingen des Festes bat sie. Es wurde gescherzt und gelacht und alle waren glücklich. Für Wulfin war es der letzte Herbst bei ihrer Familie. Im nächsten Frühling sollte sie ihre Lehre bei Hagla beginnen. Es war so üblich, dass die Schülerin immer bei der Lehrmeisterin wohnte. Wulfin lag eng bei ihrem Vater, zu ihren Füßen ihr treuer Freund Wulf und genoss das letzte gemeinsame Herbstfest. Im nächsten Jahr würde sie dann schon gemeinsam mit Hagla eigene Aufgaben wahrnehmen.

Nachdem alles verzehrt und die Reste verstaut waren, wurde das Feuer gesichert und jeder zog sich in seine eigene Behausung zurück. Rana hatte bereits das Lager bereitet und Ore freute sich, endlich wieder einmal nach längerer Zeit mit ihr vereint zu sein - vielleicht segnete sie die große Göttin in dieser Nacht? Ore würde es sich so sehr wünschen, denn wenn Wulfin erst bei Hagla war, wäre es für Rana an der Zeit, wieder eine neue Aufgabe zu bekommen.

In dieser Nacht hatte Wulfin einen Traum, darin sah sie sich, wie sie leichtfüßig mit ihrem kleinen Korb auf dem Rücken zu der kleinen Lichtung am Waldrand ging. Sie wollte für Rana einige Kräuter sammeln und Wulf ihr treuer Gefährte begleitete sie. An der kleinen Wasserstelle, die von Weidenbüschen und anderen kleinen Bäumchen gesäumt war, wollte sie als erstes suchen.

Minze hatte sie schon gesehen und Brennnesseln, Sauerampfer, Gänseblümchen, wilde Stiefmütterchen und Veilchen, Schafgarbe, Holunderblüten, Löwenzahn, Hirtentäschchen und Kamille, junge Blätter vom Spitzwegerich für Salate und Schlüsselblumen für einen Tee gegen Kopfschmerzen und im Jahreslauf würde sie dort sicher Brombeeren, Walderdbeeren, Heidelbeeren, Holunderbeeren und kleine Birnen finden.

Und dann stand sie wieder an diesem schönen Platz aus sieben Steinen, der wie eine große Schnecke aussah. Rana hatte ihr einmal gesagt, dass dies ein besonderer Platz sei. Jeder Stein sollte für ein Jahr stehen, also sieben Jahre darstellen. Sie setzte sich auf jeden Stein. Auf einem Stein war die Sonne, auf dem nächsten der Mond eingeritzt. Der dritte, hatte Rana gesagt, wäre für den Morgen- und den Abendstern. Der vierte für den Osten, die Kindheit und den Frühling stehen, der fünfte für den Süden, die Jugend und den Sommer, der sechste für den Westen, dem Erwachsensein und den Herbst und der siebte für den Norden, die Weisheit der Ahnen und den Winter.

Es war ein herrlicher Platz und hier fühlte sie sich ganz besonders wohl. Hier konnte sie mit den Vögeln, den Eidechsen und Fröschen sprechen, sie hörten ihr zu und hier dachte sie immer an ihre Mutter, die sie so gerne zu Lebzeiten gesehen hätte. Vater hatte ihr gesagt, dass ihre Mutter sehr klug und wunderschön war und sie ihr sehr ähnlich sei. Aber wann immer sie ihn nach ihr fragte, war er gleich so traurig und mit seinen Gedanken ganz weit fort. Deshalb vermied sie es, ihn allzu oft nach Mutter zu fragen. Aber hier konnte sie mit ihr sprechen und sie hörte ihr zu. Manchmal hatte sie das Gefühl, als ob sie ihr antworten würde und dann war sie ihr besonders nahe. Hier fühlte sie Geborgenheit, die Natur und der Wald waren ihr Zuhause. Und wenn sie lange genug ins Wasser blickte, verwandelte sich ihr Spiegelbild in das lächelnde Gesicht ihrer Mutter.

An einem speziellen Stein erkannte sie, dass es schon bald Mittag war, deshalb sammelte sie noch schnell einige Kräuter, um dann pünktlich zu Hause zu sein. „Ich will rechtzeitig zurück sein, bevor Rana sich Sorgen macht, sie ist immer so lieb zu mir, ich mag sie sehr gern und ein bisschen ist sie ja auch wie meine Mutter“, dachte sie und machte sich auf den Weg.

Dann wachte sie auf, jetzt erst bemerkte sie, dass ihre Augen etwas feucht waren.

Sie hörte Ore und Rana tief schlafen, ja, Rana war wie eine Mutter zu ihr, aber im nächsten Frühling würde sie zu Hagla ziehen, und dann war Hagla ihre neue Lehrmutter. Eigentlich war Hagla ja die Lehrmeisterin, aber Hagla liebte es, wenn man sie Lehrmutter nannte.

YYYYYYYYYYY

Heute war für Wulfin wieder ein ganz besonderer Tag. In den sieben Jahren ihrer Lehre war jedes Jahr einer bestimmten Aufgabe gewidmet. Zur Zeit war sie im Lehrjahr des Mondes. Täglich erzählte ihr Hagla alles, was vor langer Zeit die Sternengeschwister den Alten gelehrt hatten. Dieses Wissen wurde von Generation zu Generation weitergegeben. Jeden Tag musste Wulfin das Gelernte wieder und wieder erzählen, bis alles mit ihrem Gedächtnis verschmolzen war.

Des Nachts aber war die Zeit in der sie selbst ihre Beobachtungen machen musste.

Und so ritzte sie täglich die Form und die Farbe des Mondes in eine breite Baumrinde, die sie von einer gefällten Eiche abgezogen hatte.

Nach zwölf Monden würden die Zeichnungen auf einen Tonkrug eingeritzt und als heiliges Gefäß gemeinsam mit ihr eingeweiht werden. Heute war der zwölfte volle Mond und danach würde der Krug getöpfert und am dreizehnten Mond sollte ihre Einweihung zur Meisterin des Mondes sein.

Wulfin hatte immer vor Augen, dass sie die allererste Priesterin des Alleinen werden durfte. Wer sollte sie so etwas Neues lehren können oder zumindest dabei etwas helfen? Ihr war längst klar geworden, dass sie diese Aufgabe selbständig, ganz alleine, lösen musste. Deshalb keimte in ihr schon seit einiger Zeit der Gedanke, dass sie bei den Sternengeschwistern um Hilfe bitten wollte. Sie war der festen Überzeugung, dass sie dies auch schaffen würde, denn Wulfin hatte bisher immer alles erreicht, was sie aus tiefstem Herzen heraus wollte. Manch einer im Dorf schüttelte zwar den Kopf über all die Dinge, die Wulfin schon als kleines Kind machte. Aber da jeder wusste, dass Wulfin eine große Priesterin werden sollte, ließ man den kleinen Wildfang schalten und walten.

Die Idee mit den Sternengeschwistern behielt Wulfin für sich. Da man damals auch über das bloße Denken kommunizierte und die Worte praktisch nur ergänzende Laute waren, dachte sie diesen Gedanken auch nur dann, wenn sie völlig sicher war, alleine zu sein. Heute Nacht wollte sie versuchen, das erste Mal ihren Sternenpriester zu sich in den Wald zu rufen. Sie verdichtete all ihre Kraft, formte ein Bild und bat ihren Sternenpriester zu ihr zu kommen. Sie hatte sich eigens dazu die Melodie und die speziellen Worte erschaffen. Nun stand sie da und zelebrierte im Licht des zwölften Mondes ihr Ritual. Die Energie des Himmels wurde eins mit der Energie der Erde, und die Vibration durchdrang ihren Körper, ja sogar die ganze Lichtung vibrierte mit. Und dann nahm sie ihn wahr. Seine Gestalt blieb ihr verborgen, aber der Duft seiner Anwesenheit war allgegenwärtig. Ein Duft, der hier völlig neu war, eine fremdartige Mischung für die es hier weder Pflanze noch Tier gab. Sie spürte seinen Blick und in ihr Vibrieren mischte sich Dankbarkeit und Ehrfurcht. Ihr ganzer Körper verschmolz mit der Energie dieses Augenblicks. Nun wusste sie, dass sie ihre Aufgabe schaffen konnte. Mit einem langen Ausatmen verstummte ihr Gesang und sie ließ sich glückselig auf den heiligen Boden fallen. Erst am frühen Morgen wurde sie durch den Gesang der Vögel wach. Sie erhob sich und ging fröhlichen Schrittes in die Höhle ihrer Lehrmeisterin.

Ein Wiedersehen?

Der Arbeitstag verlief wie im Flug und Waldemar machte sich auf den Weg ins Hotel. Es war nur wenige Autominuten vom Kunden entfernt und er freute sich schon riesig auf das tolle Ambiente. Seine liebe Rotraud hatte vor Jahren dieses Kleinod entdeckt, als er das erste Mal bei diesem Kunden war. Auf einer Anhöhe stehend bot das Hotel einen phantastischen Blick ins Tal. Die Gebäude waren bis ins kleinste Detail mit sehr viel Liebe ausgestattet worden. Für ihn war es stets ein kleines Abenteuer durch die Hotelanlage mit den überdachten Gängen und dem historischen Innenhof zu gehen, um diese phantasievollen Arrangements immer wieder neu zu entdecken. An jeder Ecke, sogar in jedem kleinsten Winkel standen perfekt passende kleine Kunstwerke aus altem Kram, frischen Blüten, alten Wurzeln, Kräutern und anderen Kunstwerken der Natur und zauberten eine Welt, in der man eingebettet in diese homogene Harmonie gern die Zeit vergaß. In all den Jahren hatte er schon viele unterschiedliche Zimmer bewohnt, aber als er letztes Jahr das Zimmer im obersten Stockwerk bekam, mit einer atellierartigen Fensterfront, die den weiten Blick ins Tal offenbarte, stand für ihn fest, dass er nur noch dieses Zimmer buchen wollte. Welche Überraschung, als er damals noch schlaftrunken den Blick ins Tal schweifen ließ, der Morgen dämmerte schon, als plötzlich hinter dem Berg die Sonne als roter Ball aufging. Wie gebannt schaute er auf dieses Naturschauspiel.

Sekunde um Sekunde stieg der Ball höher, zeitweilig hinter dem Morgendunst verschwindend, um dann wieder punktförmig aufzutauchen. Dann konnte man fast einen Smiley entdecken, der da, von der Sonne geformt, durch die Wolken lugte. Er versuchte diese Momente zu fotografieren, musste aber wie schon so oft feststellen, dass die Bilder nur eine blasse Darstellung der Wirklichkeit waren und so genoss er dieses Schauspiel als persönliches Geschenk der Natur. Schon formte sich aus der Sonne ein Feuerball, der den obersten Rand der Wolken mit einem Strahlen einrahmte. Damals nahm er sich fest vor, Momente wie diesen ganz tief in seinem Herzen zu speichern, damit es jederzeit möglich war, diese einzigartigen Gefühle immer wieder abzurufen. So hatte er auch dieses Mal das Zimmer gebucht und sich auf den morgigen Sonnenaufgang gefreut. Das war aber alles noch vor seinen Traumerlebnissen in der letzten Nacht. Nach einem leckeren Abendessen zog er sich relativ früh in sein Zimmer zurück, um in Ruhe die nächtlichen Erlebnisse zu reflektieren. Es kam ihm jetzt doch etwas peinlich vor, barfuß, nur im Schlafanzug bekleidet, in dieser fremden Welt gestanden zu haben. Deshalb wollte er gut vorbereitet sein, falls sich heute Nacht etwas Ähnliches ereignen sollte. Waldemar war schon beruflich bedingt ein Mensch, der mit Weitblick agierte. Zunächst rief er seine Rotraud an, um ihr wie immer eine gute Nacht zu wünschen. Dieses Ritual war für beide ein Garant, um glücklich einschlafen zu können. Dann machte er sich fürs Bett fertig, allerdings ließ er vorsorglich seine Socken und die Schuhe an. In seinem Geschäftsanzug konnte er sich ja schlecht ins Bett legen, also zog er seinen Schlafanzug an. Wie es der Zufall so wollte, hatte er das Geburtstagsgeschenk von Rotraud eingepackt. Sie hatte schon immer eine Vorliebe für das Besondere. Dieser Schlafanzug war eine Hommage an unser Sternensystem.

Auf der Vorderseite waren die Planeten, eingebunden in den Sternenhaufen unserer Galaxie aufgedruckt. Nachdem er ihn erst vor kurzem bekommen hatte, wirkte der seidenartige Schlafanzug in den noch brillanten Farben fast wie ein Hausanzug.

So gewappnet legte er sich ins Bett und schlief erschöpft von den Ereignissen des Tages relativ schnell ein.

YYYYYYYYYYYY

Wulfin, die junge Priesterschülerin hatte die Einweihung zur Meisterin des Mondes längst hinter sich. Auf dem Ritualplatz am Hügel oberhalb des Dorfes war ihre Einweihung mit einem ausgiebigen Fest zelebriert worden. Jung und Alt kamen aus allen Dörfern der Umgebung, um der Zeremonie beizuwohnen. Danach wurde gegessen und mit

Gesang und Tanz gefeiert. Die Alten machten Weissagungen, Männer und Frauen tauschten Waren und bei einem Plausch die wichtigsten Neuigkeiten aus. Für die Kinder und Jugendlichen war es eine Freude sich wieder zu treffen, um gemeinsam zu spielen. Über die Jahre entstanden aus diesen Kinderbegegnungen natürlich auch zarte Liebesbande. Wenn dann die Zeit der Reifung gekommen war, hatten die meisten Mädchen und Jungen sich schon für einen Gefährten entschieden. In jedem Dorf gab es einen Alten, dies konnte eine Frau oder ein Mann sein, der die Geschichte der Blutlinien verinnerlicht hatte. Seine Aufgabe war es, gemäß den Lehren der Sternengeschwister darauf zu achten, dass ein möglicher Verwandtschaftsgrad für eine Verbindung erlaubt war. Um immer wieder neues Blut in die Verbindungen zu bringen, zogen von Zeit zu Zeit einige der jungen Männer in die Welt hinaus. Und so kamen auch regelmäßig ein paar weitgereiste junge Männer ins Dorf, die ihr Herz mit einer Einheimischen teilen wollten. Für Wulfin war die Zeit gekommen, um das Lehrjahr der Sonne bei einer anderen Lehrmeisterin zu verbringen. Vanesah, eine Priesterin der Sonne, lebte in einem naheliegenden Dorf der Hirschleute. Es waren nur ein paar Stunden Fußmarsch, um dorthin zu gelangen. Der Tradition folgend, wurde die Schülerin nach dem Einweihungsritual von der neuen Lehrmeisterin abgeholt. Deshalb war auch die hoch verehrte Priesterin Vanesah beim Fest zugegen, um Wulfin am nächsten Morgen mitzunehmen. Diese sollte für ein Jahr dort bleiben und als Meisterin der Sonne wieder zurückkehren. Das Dorf der Hirschleute lag etwas mehr im Landesinneren. Für Wulfin war es anfangs etwas gewöhnungsbedürftig auf das Rauschen des Meeres zu verzichten, aber sie hatte ihren treuen Freund an ihrer Seite. Dieser Wolf war ein Nachkomme von Wulf, ihrem Lebensretter.

Als vor einiger Zeit der alte Wulf spürte, dass er bald in die ewigen Jagdgründe eingehen sollte, verschwand er für einen Tag im Wald und kam mit einem kleinen Wolfswelpen zurück. Mit einem treuen Blick legte er diesen Welpen vor Wulfins Füße. In der gleichen Nacht machte Wulf seinen letzten Atemzug und von nun an wärmte, schützte und zierte sein Fell als Kleidungsstück seine Wulfin. Der kleine Wolfswelpe war von nun an ihr neuer weltlich-tierischer Begleiter. Für alle Dorfbewohner aus nah und fern war es selbstverständlich, dass Wulfin die Frau war, die immer von einem Wolf begleitet wurde und dies gab ihr eine gewisse Hochachtung.

Nun war sie schon seit einigen Monden bei Vanesah, der Priesterin der Sonne.

Wulfin liebte den Steinkreis der Ahnen und zog sich gerne dorthin in den Wald zurück. Am Beginn des Steinkreises stand eine mächtige Eiche. Die Eiche war so gewachsen, dass man sich in sie hineinsetzten konnte. Stundenlang saß Wulfin dort.

Auf diesem Platz hatte sie das Gefühl von Grenzenlosigkeit, sie hatte den Eindruck auf direktem Weg mit dem Universum verbunden zu sein, die eigene Persönlichkeit, das eigene Leben wurde eins mit allem. Der junge Wulf lag ihr wie immer zu Füßen. Er schien diesen Ort des Friedens sehr zu genießen. Hier konnte Wulfin direkt mit der Sonne in Verbindung treten, um alle Fragen beantwortet zu bekommen, die sie als Schülerin erarbeiten sollte. Manchmal hatte sie auch das Gefühl, als wäre sie ein Adler, der von ganz oben auf die Welt blickt. Dabei konnte sie so hoch fliegen, dass sie die Insel, das Meer und noch viele andere Inseln sehen konnte. Selbst in die tiefen, untersten Schichten des Meeres konnte sie blicken. Sie war mit ihrem Schicksal, eine Priesterin werden zu dürfen, sehr zufrieden. Und plötzlich hatte sie den Wunsch, sich Hilfe von ihrem Sternenpriester zu holen. Sie setzte sich mit höchster Aufmerksamkeit in die Steineiche, sang ihre Melodie, formte das Bild und bat ihren Sternenpriester zu ihr zu kommen. Nach einiger Zeit öffnete sie ihre Augen und blinzelte etwas. Tatsächlich da stand er.

Wulf blieb erstaunlich ruhig liegen, beobachtete aber hochkonzentriert die seltsame Erscheinung.

Zunächst spürte Waldemar wieder ein Rauschen in den Ohren, und im nächsten Moment stand er auf der Waldlichtung, direkt vor einer großen Eiche. Es war helllichter Tag und erst als sich seine Augen an die Helligkeit gewöhnt hatten, sah er sie im Baum sitzen, zu ihren Füßen lag ein Wolf! Die Äste dieses riesigen Baumes waren wie ein Sessel geformt. Das Wesen, das im Baum saß war umgeben von einem Strahlen, so dass er nur die Umrisse sehen konnte. Nun erhob es sich und Waldemar konnte das Mädchen von der Mondlichtung erkennen. Es schien etwas älter geworden zu sein, was sie aber zu einer noch faszinierenderen Erscheinung machte. Im nächsten Moment lag sie ihm zu Füßen und hieß ihn herzlich willkommen. Sie dankte ihm, dass er ihr die Ehre erwies von so weit her zu ihr zu kommen. Obwohl in Waldemars Ohren diese Laute völlig fremd waren, verstand er jedes Wort. Es war, als ob alle Informationen durch ein unsichtbares Band direkt über sein Herz in seinen Verstand kommen würden. Dann stand sie auf und blickte ihm direkt in die Augen. Und dieses Licht, das aus ihren Augen kam, durchdrang ihn bis in den kleinsten Winkel seines Körpers.

Noch immer stand er sprachlos da, aber sie schien auf seine Fragen, die er ja nur dachte, sofort zu antworten. „Lieber Sternenpriester", sagte sie, „ich habe dich gerufen, weil ich eine völlig neue Aufgabe habe, deshalb brauche ich deine Hilfe. Ihr Sternengeschwister habt uns vor langer Zeit alles gelehrt und so bitte ich dich, helfe mir, die erste Priesterin des Alleinen zu werden." Er hatte alles verstanden, doch wie sollte er ihr erklären, dass er ein Mann aus dem 21. Jahrhundert sei? Aber auch diese Gedanken schien sie gehört zu haben, allerdings etwas anders zu verstehen, denn sie antwortete: „Ich heiße Wulfin und bin erst eine Priesterschülerin. Wenn ich dich Sternenpriester genannt habe, tat ich es, weil ich es nur so sagen konnte. Wenn du aber ein Mann von dem Stern mit dem Namen 21. Jahrhundert bist, so weiß ich es jetzt besser. Also, Mann des Sterns 21. Jahrhundert, würdest du mir bitte dabei helfen, eine Priesterin des Alleinen zu werden?“ Im nächsten Moment fand Waldemar seine Sprache wieder. Er schüttelte den Kopf, musste das Bedürfnis eines herzhaften Lachens in ein Lächeln umwandeln und sagte: „Willkommen Wulfin, mein Name ist Waldemar, und wenn es mir möglich ist, werde ich dir helfen.“

»»»»»»»»»»»»»

Das Summen der Bienen vermischte sich mit dem Rauschen in seinen Ohren und plötzlich wachte er im Bett des Hotelzimmers auf. Es war schon früher Morgen und es drängte ihn gleich aufzustehen. Er wollte sich schlau machen, wie er der Priesterin in dieser alten Zeit helfen könne. Priesterin des Alleinen hatte sie gesagt, zumindest hatte er es so verstanden. Schnell gab er diesen Begriff in seine Suchmaschine auf dem Laptop ein. Hier gab es doch für alles eine Antwort. Enttäuscht musste er feststellen, dass dieser Begriff auch für die Suchmaschine neu war. Ein beliebter Spruch von

Waldemar war immer: „Probleme sind nur Herausforderungen, die gelöst werden wollen.“ Und wer Waldemar näher kannte, wusste, dass er immer eine perfekte Lösung fand. Vor lauter Recherche war es plötzlich spät geworden und er musste sich beeilen, rechtzeitig beim Kunden zu sein.

YYYYYYYYYYYY

Wulfin war zunächst irritiert, dass ihr Mann vom Stern des 21. Jahrhunderts so schnell verschwunden war. Aber als Wulf die Ohren spitzte, bemerkte sie, dass ihre Lehrmeisterin Vanesah direkt auf sie zukam. Hatte sie etwas gesehen? Wulfin konzentriere all ihre Kraft, um ihre Gedanken zu neutralisieren. Und nun dachte sie an die letzte Aufgabe, die ihr Vanesah gestellt hatte. Natürlich hatte Vanesah von weitem bemerkt, dass der Steinkreis von einem speziellen Licht umgeben war. Als sie näher kam, konnte sie auch eine Lichtgestalt wahrnehmen. Wulfin redete offensichtlich mit dieser Gestalt. Aber sie konnte weder die Laute noch die Gedanken verstehen. Es war so, als ob dieses Licht alles abschirmen würde. Deshalb beschleunigte sie ihre Schritte, um möglichst schnell beim Steinkreis anzukommen.

Als sie endlich ankam, war die Lichtgestalt verschwunden und Wulfin war mit der ihr gestellten

Aufgabe beschäftigt. Sie hätte Wulfin durchaus fragen können, was da gerade vorgefallen war, allerdings hätte sie dann ihre Schwäche zugeben müssen. Aber durfte sie sich als Priesterin und große Lehrmeisterin diese Blöße geben?

Vanesah war als Priesterin der Sonne weit über die Inselgrenzen hinaus hoch angesehen. Sie hatte mittlerweile schon so viele Winter gesehen, dass man sie durchaus als alte weise Frau bezeichnen konnte.

Jedes Dorf hatte mindestens eine Heilkundige und einige auch weitere Helferinnen. Aber um eine Priesterin zu werden, musste man dazu berufen sein.

Es war eine besondere Aufgabe und diese wurde nach der Geburt erkannt, wenn die Alten durch die Runen für das Neugeborene weissagten.

Nun sollte es bald neben ihr noch eine weitere Priesterin auf der Insel geben, und für Vanesah war der Gedanke daran noch etwas neu. Um ihre Priesterin-Ausbildung machen zu können, musste sie als junges Mädchen eine weite Reise machen, um von einer alten Priesterin der Sonne ausgebildet zu werden. Die junge Wulfin war zwar bei ihr, um bei ihr alles über die Sonne zu lernen, ganz genau so, wie jede andere Schülerin auch. Aber das war auch schon alles, denn wie jeder wusste sollte sich Wulfin ihre Einweihung zur Priesterin selbst erarbeiten. Diese Besonderheit erzeugte tief im Inneren von

Vanesah ein neues, verbotenes Gefühl von Neid oder Eifersucht. Als Priesterin war ihr bewusst, dass sie dieses Gefühl sofort mit der Energie der Liebe ausgleichen musste und bisher gelang ihr das auch immer. Aber dieses Licht vorhin war wieder so ein Auslöser und das schreckliche Gefühl war wieder in ihr hoch gekommen. Sie fragte Wulfin, ob sie Hilfe für die Bewältigung ihrer Aufgabe bräuchte, gab ihr ein paar Hinweise und ging wieder in den Wald. Wulfin atmete erleichtert durch und nahm sich vor, ganz intensiv an der Aufgabe dran zu bleiben. Zu schade, dass sie nur so kurz mit ihrem Sternenpriester sprechen konnte. Aber sie wusste jetzt, dass sie ihn jederzeit um Hilfe bitten kann. Im Lehrjahr der Sonne sollte man auch das Element Feuer intensiv studieren. Natürlich musste sie täglich den Lauf der Sonne dokumentieren, aber ihre Spezialaufgabe war es, auf eine neue Art Feuer machen zu können. Schon im ersten Lehrjahr bei Hagla lernte sie viel über das Feuer und sie konnte Feuer erzeugen, indem sie zwei Holzstöckchen so intensiv zusammenrieb, bis ein Funken sprühte, der dann das Zundermaterial brennen ließ. Dann gab es noch diese Funkensteine und wer so wertvolle Stücke besaß, wurde im Dorf als Funkenmeister verehrt. Im Lehrjahr der Sonne musste jede Schülerin immer wieder eine neue Aufgabe lösen. Manchmal hatte Wulfin das Gefühl, als ob ihr Vanesha immer besonders schwierige Aufgaben stellen würde und sie erklärte es sich so, dass sie ja eine Priesterin werden sollte und deshalb Aufgaben bekam, die einer Priesterin würdig waren. Ihre Lehrmeisterin Hagla bei den Amselleuten war eine Meisterin des Fortbestands und die oberste Heilerin in der Region. Sie war eine gütige Lehrmeisterin und immer darauf bedacht, mit Geduld ihren Schülerinnen alles bei zu bringen. Vanesha war in der Beziehung eben anders. Eine Priesterin halt - und für Wulfin war der Unterschied damit erklärt. Sie setzte sich wieder in die Steineiche, verband sich mit dem Universum und bat die Sonne um eine Antwort, wie sie auf eine neue Art Feuer erzeugen konnte. Bald stieg sie wieder empor, um aus der Adlerperspektive die Welt zu sehen. Plötzlich sah sie das Gesicht von Waldemar, den sie in ihrem Innersten immer noch Sternenpriester nannte. Sollte er auch dafür eine Antwort haben? Auf der eine Seite erschien ihr der Gedanke ganz natürlich, weil das alte Wissen sowieso von den Sternengeschwistern kam, aber sie wollte auch ehrfürchtig mit ihrer Aufgabe als Priesterschülerin umgehen und mit dieser Ehrfurcht ihren Sternenpriester für die Lösung ihrer wirklich neuen Priesteraufgabe gewinnen. Vielleicht würde er diese Feueraufgabe als zu einfach empfinden und sich weigern, wegen jeder Kleinigkeit zu ihr zu kommen? Im nächsten Moment schimpfte sie sich selbst. Wie konnte sie es nur wagen, ihr Talent, das ja ein Geschenk des Himmels war, so mit Füßen zu treten und daran zweifeln, ob ihre Visionsbilder richtig wären. Sofort war ihr tiefes Vertrauen in sich selbst und in ihre Bilder wieder da. Ja, sie würde ihm den

Gedanken schicken, dass er sie lehren möge auf eine neue Art und Weise Feuer zu machen. Zufrieden kehrte sie ins Alltagsbewusstsein zurück, erntete noch etwas Sauerampfer für eine Suppe und ging dann gemeinsam mit Wulf zu ihrer Lehrmeisterin Vanesah zurück.

>>>>>>>>>>>>>

Der Arbeitstag verlief perfekt und schon am frühen Nachmittag konnte sich Waldemar auf die Heimreise machen. Wie sollte er nur mit diesem Nachtgehopse umgehen? Durfte er es jemanden erzählen, der auch Verständnis dafür hatte? Er überlegte hin und her und kam zu dem Entschluss, seine Rotraud einzuweihen. Sie war doch immer diejenige, die offen für außergewöhnliche Dinge war. Gemeinsam würden sie bestimmt eine Lösung und vor allem eine Erklärung finden. Kaum war er durch die Haustüre gegangen, kam ihn Rotraud schon entgegen. „Schatz, gut dass du da bist, hattest du dein Handy ausgeschaltet? Ich habe seit Stunden versucht, dich zu erreichen. Stell dir vor, meine Mutter hat ihren Fuß verdreht und musste gleich ins Krankenhaus. Du weißt doch, wie mein Vater ist, ohne Mama hilflos und meine Schwester ist doch eher für Mama zuständig. Ich muss also gleich los und bleibe ein paar Tage bei ihm. Lass uns telefonieren – ich liebe dich.“ Ein Kuss, schon war sie ins Auto gestiegen und fuhr weg. Er liebte Rotraud, mit ihrer spontanen Art, voller Enthusiasmus gleich Lösungen zu finden und sich sofort einzubringen, allerdings war dies auch mit so mancher Überraschung verbunden. Jetzt erst war Zeit, um Rulibuu, den treuen Hund zu begrüßen. Mit seinen zehn Jahren war er zwar schon gelassener, die Freude über Waldemars Rückkehr aber wie immer überschwänglich. In der Küche wartete das vorbereitete Abendessen und Waldemar hatte Zeit, die neue Situation erst mal sacken zu lassen. Die Idee, von Rotraud Unterstützung zu bekommen, konnte er sich ja nun abschminken, also nutze er den Abendspaziergang mit Rulibuu, um in der Natur die passenden Ideen zu bekommen. Zunächst stellte er sich seine Nachtkleidung zusammen, in der man einigermaßen gut schlafen konnte, die aber auch ein bisschen in diese ferne Zeit passen würde. Wer weiß, wer ihm noch so alles begegnete und da wollte er zumindest von der Kleidung her relativ gewöhnlich aussehen.

Dass Wulfin ihn wieder abholen würde, stand für ihn in aller Deutlichkeit fest. Schließlich erwartete sie Hilfe von ihm. Also kramte er zu Hause seine braunen Wildlederschuhe, eine beige Denim-Jeans, die entfernt wie Leder aussah, und ein braunes Sackleinen-Hemd aus seinem Kleiderschrank. Schon während seines Spaziergangs hatte er laufend die Gedanken, „Feuer machen, Feuer machen“ im Kopf, also entschloss er sich noch Streichhölzer einzupacken. Ein Feuerzeug mit zu nehmen schloss er aus, denn seine Logik sagte ihm, dass Streichhölzer in dieser steinzeitlich anmutenden Umgebung wohl eher angebracht waren. Zunächst musste er etwas suchen, aber schließlich fand er ein Sammelsurium an Urlaubserinnerungen in Form von Streichhölzern und packte einige Schächtelchen davon in einen Lederbeutel ein. Dieser Lederbeutel stammte noch aus seiner Zeit als Pfeifenraucher. Diesen Beutel konnte er recht gut entbehren, hatte er doch schon seit Langem das Rauchen aufgegeben. So gerüstet legte er sich ins Bett, telefonierte noch kurz mit Rotraud, versicherte ihr, dass er gut alleine zurechtkommen würde. Dann versuchte er einzuschlafen. Der Schlaf ließ heute jedoch auf sich warten, Gedanken wirbelten durch seinen Kopf und plötzlich erinnerte er sich an einen Film aus den Bergen, in dem gezeigt wurde, wie man im Wald mit einer Bergkristallkugel Feuer machen konnte. Natürlich! Das war es! Mit einem Sprung stand er auf und suchte nach der Bergkristallkugel, die er letztes Jahr auf einem Markt im Urlaub ergattert hatte. Als er sie gefunden hatte, steckte er sie zu den Streichhölzern in den Lederbeutel und fand sofort einen tiefen Schlaf.

YYYYYYYYYYYY

Wulfin steckte der Schreck noch einige Zeit in den Knochen. Was wäre gewesen, wenn Vanesah ein paar Momente eher gekommen wäre und die Idee mit dem Sternenpriester aufgeflogen wäre? Deshalb hatte sie sich vorgenommen, das nächste Mal noch vorsichtiger zu sein. Sie hatte sich jetzt schon so viele Monde bemüht, eine Lösung für das neue Feuermachen zu finden, es kam ihr aber immer ausschließlich das Bild ihres Sternenpriesters in den Sinn. So wollte sie erneut versuchen, ihn zu sich zu rufen. Ihre Lehrmeisterin war zu einem Nachbardorf aufgebrochen, um sich mit der dortigen Heilerin auszutauschen. Es würde wahrscheinlich bis kurz vor Sonnenuntergang dauern, bis Vanesah wieder zurückkehren würde. Alle anderen im Dorf waren mit ihrem Tagwerk beschäftigt und so konnte sie sich sicher sein, dass sie diesmal alle Zeit der Welt hatte, um ausführlich mit ihrem Sternenpriester zu reden. Begleitet von Wulf machte sie sich auf den Weg zur Steineiche. Es war ein herrlicher Tag, der Himmel blau, die Sonne schickte ihre Strahlen zur Erde hinab, die Vögel zwitscherten und Wulfins Herz hüpfte vor Freude in ihrer Brust. Sie setzte sich auf ihren Kommunikationsplatz in die Steineiche und zelebrierte ihr Ritual, dass sie nun schon das dritte Mal machte.

Jedes Mal hatte sie das Gefühl, dass es noch kräftiger wirken würde. Als sie erwartungsvoll die Augen öffnete, stand er in seiner vollen Präsenz schon vor ihr.

Ihr war sofort seine andere Kleidung aufgefallen und sie freute sich, dass er heute offensichtlich seine Alltagskleidung an hatte. Ihr gefielen die beige-braunen Farben sehr gut, denn so waren sie noch besser durch die Bäume geschützt, die den Ahnenplatz umgaben. Sie verneigte sich und grüßte ihren Sternenpriester: „Willkommen Waldemar, Mann von dem Stern des 21. Jahrhunderts. Ich bin sehr dankbar, dass du meinem Ruf gefolgt bist". Und Waldemar antwortete mit einer Geste der Verbeugung: „Willkommen Wulfin, ich freue mich, dass du mich zur dir in deine Welt eingeladen hast." Er überlegte zwar kurz, wie es gehen konnte, dass sich die beiden trotz unterschiedlicher Sprache so gut verstehen konnten, wischte dann aber alle Zweifel weg und nahm diese Art der Kommunikation schon fast selbstverständlich hin. „Wollen wir uns da vorne unter dem Baum auf das Moos setzen? Da ist es bequem und wir sind vor weiteren Blicken geschützt", wollte Wulfin wissen. Waldemar nickte. Doch welche Überraschung! Das Moos war so weich, viel weicher als jede Hightech-Matratze die ihm je unter den Hintern gekommen war!

„Und da meinen wir immer, wir würden im Schlaraffenland leben, mit all unseren Erfindungen. Hier in dieser ursteinzeitlichen Welt merkt man erst, was die Natur von sich aus an Erfindungen hat“, dachte er so dahin. Er hatte vergessen, dass Wulfin seine Gedanken ganz genau verstehen konnte. Denn die Gedanken und die daraus geformten Bilder waren ihre Kommunikation. „Ich freue mich“, sagte sie, „dass du mit meinem Mooslager so zufrieden bist. Ich liebe es auch, mich hier niederzulassen. Hier ist das Moos besonders hoch und weich, sogar noch weicher als das Moos in meinem Bett bei meiner Lehrmeisterin.“ „Ich hoffe, dass du gerne bei mir bist, denn ich habe so viele Fragen und muss so viel lernen.“ Ihre wunderschönen smaragdgrünen Augen leuchteten und die Vibration ihrer Aura erfasste Waldemar. Ein Gefühl von Glückseligkeit umhüllte ihn. „Natürlich bin ich gerne bei dir“, dachte er, „und was immer ich dir beantworten kann, werde ich gerne machen.“ Sie antwortete gleich und ihre fröhlich glucksenden Laute ermutigten Waldemar seine Gedanken auch in Worte zu fassen, denn durch die unterschiedlichen Klangfarben wurde diese stille Gedanken-Kommunikation zu einem fröhlichen Lied. „Waldemar, ich habe dir schon gesagt, dass ich lernen muss, eine Priesterin des Alleinen zu werden. Allerdings habe ich gerade noch eine andere Aufgabe bekommen und immer wenn ich die Sonne um Antwort auf meine Frage bitte, sehe ich dein Gesicht. Deshalb wollte ich wissen, ob du mir helfen kannst, auf eine neue Art Feuer zu machen.“ Jetzt fiel es ihm wie Schuppen von den Augen, natürlich, die Gedanken an das Feuer hatte Wulfin ihm durch die

Zeiten hindurch geschickt! Was für eine begnadete Fähigkeit Wulfin doch hatte! Plötzlich hatte er den Eindruck, als ob wir in der Neuzeit zurückgeblieben wären mit all der Abhängigkeit vom Handy. Erleichtert pustete er aus und sagte.

„Wulfin, ich habe deine Nachricht erhalten und dir etwas zum Feuer machen mitgebracht. Ich hoffe, dass etwas dabei ist, was du verwenden kannst."

Zuerst wollte er von Wulfin allerdings wissen, wie sie bisher Feuer gemacht hatte.

Voller Tatendrang zeigte sie ihm gleich ihre Technik. In einem Beutel hatte sie Zunder. Mit einer Affengeschwindigkeit drehte sie ihre Stöckchen und schon glomm das Feuer. Waldemar blieb vor lauter Bewunderung der Mund offen. „Respekt", sagte er, das ging ja flott. Er wollte wissen, aus was der Zunder bestand und Wulfin erklärte ihm, dass sie in ihrem Dorf Bäume hätten, an denen der Pilz wachsen würde. Mit scharfen Steinmessern würde dann der Zunder aus dem inneren des Pilzes geschnitten. Hier im Dorf wachsen aber Rohrkolben. Und aus den Samen der Rohrkolben würde man hier Zunder bekommen. Dabei war es wichtig, dass man den Samen mit der heiligen Flüssigkeit, nämlich mit Urin übergießen würde und danach trocknen. So würde der Zunder besonders schnell brennen. „Weißt du Waldemar, bei mir zu Hause, bei den Amselleuten gibt es einen Funkenmeister, der hat zwei verschiedene Steine. Wenn er die beiden zusammenschlägt, gibt das auch Funken“, erzählte Wulfin mit leuchtenden Augen. „Aber einer der Steine ist sehr selten. Kannst du dir vorstellen, wieviel Glück wir in unserem Dorf haben.“ Ihre Stimme überschlug sich förmlich. Als die Heilerin Hagla damals zu den Amselleuten gekommen war, hatte sie die beiden Steine aus ihrer Heimat dabei. Damals wählte sie einen jungen Mann aus, der dann der Funkenmeister wurde. Mit einer liebevoll ehrfurchtsvollen Stimme erzählte sie Waldemar, dass dieser Funkenmeister Gunnar heißen würde und der Anführer der Amselleute sei. Sie hatte ganz bewusst vermieden, daran zu denken, dass Gunnar ihr Vater war. Denn sonst wäre sie vielleicht zu sehr ins Erzählen gekommen und die Zeit mit Waldemar war kostbar bemessen. Dann fragte Waldemar, ob in der Nähe ein morscher Baumstumpf wäre. Nach kurzem Überlegen führte Wulfin ihn zu diesem Baumstumpf. Er war perfekt geeignet und Waldemar sagte, dass Wulfin ein paar kleine trockene Holzstückchen davon wegkratzen sollte. Dann gingen sie wieder auf ihr Moospolster zurück. Als erstes zog Waldemar ein Päckchen Streichhölzer aus seinem Beutel. Ein kleiner Streich am Schachtelrand und schon erstrahlte die Flamme. Erschrocken und fasziniert zugleich ging Wulfin einen Schritt zurück. Kurz bevor er sich die Finger verbrannt hätte, blies Waldemar das Streichholz aus. Was für ein Wunderwerk hatte Waldemar ihr da mitgebracht? Ein Streich und schon brannte das Feuer! Neugierig beäugte sie eines der Streichhölzer und den

Reiberand auf der Schachtel. Das kurze Holzstückchen hatte ein rotes Ende und die Reibefläche fühlte sich rau an. Holz kannte sie ja, aber was war das rote? Waldemar ermutigte sie, es selbst zu probieren. Und tatsächlich ein kleiner Reiber und das Holz in ihren Fingern brannte. Natürlich wusste sie bereits, dass Feuer sehr schmerzhaft sein konnte, deshalb pustete sie es auch rechtzeitig wieder aus. Nun waren alle Dämme gebrochen und sie wollte wissen, wie man diese Wunder-Funken-Hölzer herstellen könne. Dies wäre doch die Lösung für ihre Aufgabe und Vanesah wäre bestimmt sehr zufrieden mit ihr. Zähneknirschend musste Waldemar ihr eingestehen, dass diese Streichhölzer ein Geschenk von ihm an sie wären. Für die Herstellung müsste er die Bestandteile auch hierher bringen, und das wäre viel zu gefährlich. Er schenkte ihr alle Päckchen, die er dabei hatte und sagte ihr, dass sie diese als Geschenk aus dem 21. Jahrhundert für sich selbst verwenden sollte. Und er könne ihr auch noch mehr mitbringen. Ein Blick in ihre Augen zerriss ihm fast das Herz, was hatte er sich nur dabei gedacht, bei ihr so mit den Streichhölzern anzugeben, wo sie doch Hilfe für Ihre Aufgabe brauchte. Deshalb zog er schleunigst den Bergkristall aus seinem Beutel. „Schau Wulfin, ich habe dir noch etwas mitgebracht, und so kannst du von nun an immer Feuer machen wenn die Sonne scheint.“ Zuerst suchte er einen Platz, an dem die Sonne besonders intensiv schien. Dann nahm er die morschen Holzstückchen aus dem Baumstumpf und legte sie auf einen Stein. Darüber hielt er die Bergkristallkugel so, dass die Sonne durch den Kristall schien. Der Bergkristall wirkte wie ein Brennglas und schon nach kurzer Zeit glomm das Feuer. Wulfin stieß einen Freudenschrei aus, riss ihre Arme zum Himmel, dankte der Sonne, umarmte Waldemar und taumelte vor Glück. Endlich hatte sie eine Möglichkeit, um ihre Aufgabe zu lösen! Mit Tränen in den Augen überreichte Waldemar ihr die Bergkristallkugel. Es machte ihn glücklich, Wulfin so glücklich zu erleben. Dankbar nahm sie ihren neuen Feuermacher, die Bergkristallkugel entgegen. Wulf war die ganze Zeit in Reichweite aber dennoch in gebührendem Abstand gelegen. Das Thema Feuer war doch eher etwas für Menschen. Auch wenn er sich schon langsam daran gewöhnte, sein Instinkt war der eines Wolfes. Waldemar versicherte Wulfin, dass sie ihm immer ihre Wünsche als Gedanken schicken könne, damit er ihr helfen könne soweit es ihm möglich wäre. Sie saßen noch einige Zeit auf dem Moos, betrachteten die Bergkristallkugel. Urplötzlich vernahm Waldemar wieder das Summen der Bienen, das zu einem Rauschen in seinen Ohren verschmolz und mit einem Ruck lag er wieder zu Hause in seinem Bett. Der Wecker zeigte vier Uhr morgens. Er drehte sich um und schlief nochmals tief ein.

YYYYYYYYYYYY

Nachdem sich Waldemar wieder in glitzernden sich fortbewegenden Staub aufgelöst hatte, versuchte Wulfin sofort noch einmal, mit dem Bergkristall Feuer zu machen. Es war ein Leichtes für sie. Langsam neigte sich die Sonne gen Nachmittag so dass sie sich wieder auf den Rückweg zur Hütte der Lehrmeisterin machte. Sie hatte noch einige Momente bevor Vanesah wieder zurückkam. Gott sei Dank brachte Vanesah so viele Neuigkeiten mit, und überschüttete damit Wulfin geradewegs, dass die Frage nach der Tagesbeschäftigung der Schülerin aus blieb. Schon vor längerer Zeit hatte Wulfin ein Versteck auf dem Weg vom Platz der Ahnen zur Hütte gefunden.

Hier hatte sie die Geschenke von Waldemar, verborgen in einem Tonkrug, hingebracht. Waldemar hatte ihr noch erzählt, dass die Streichhölzer immer trocken gelagert werden müssten, und so war sie sicher, dass diese im Lederbeutel und zusätzlich im Tonkrug ordentlich gelagert waren. Sie musste für Vanesah noch eine Wortwahl finden, wie sie ihr am besten erklären konnte, woher sie diese Bergkristallkugel habe. Die Verwendung der Streichhölzer würde sie sich für eine andere Zeit aufheben, eine Zeit wenn die Lehre bei Vanesah bereits abgeschlossen war. Sie hatte sich vorgenommen, dass der erste Mensch, der diese Hölzer zu Gesicht bekommen würde, natürlich ihr Vater sein sollte und danach Hagla. Schließlich war Hagla die Lehrmeisterin, mit der sie am meisten Zeit verbringen würde und zu ihr hatte sie ein tiefes Vertrauen.

Das Lehrjahr der Sonne ging zu Ende und mit einem riesigen Einweihungsfest wurde Wulfin als Meisterin der Sonne geehrt. Sie hatte tatsächlich einen Weg gefunden, Vanesah zu erklären, woher der Bergkristall stamme und Vanesah gab sich damit zufrieden. Am Einweihungstag stand Wulfin in der Mitte des Einweihungsplatzes. Um der Sonne Ehre zu erweisen, war ihr Kleid mit vielen gelben Blumen geschmückt. Vanesah in ihrem priesterlichen Gewand strahlte als Priesterin der Sonne. Sie rief die Energie der Sonne, dankte und ehrte sie. Die Energie der Luft knisterte wie bei einem sommerlichen Gewitter. Aus allen Teilen der Insel waren die Menschen gekommen, standen und saßen im Kreis um den Ritualplatz und nahmen ehrfürchtig an dieser Zeremonie teil. Jedem war klar, dass Wulfin eine besondere Aufgabe bekommen hatte, die sie heute zur Krönung ihrer Einweihung zeigen sollte.

Vanesah segnete Wulfin und gab ihr das Zeichen, nun mit ihrer Aufgabe zu beginnen. Wulfin hatte in der Mitte des Platzes einen kleinen Holzhaufen errichtet und die kleinen morschen Holzstückchen so platziert, dass sie gut zu erkennen waren. Nun holte sie ihre Bergkristallkugel aus ihrem extra angefertigten Beutel, hielt sie im richtigen Winkel über die Holzstückchen, so dass ein Sonnenstrahl zentriert wurde. Nach wenigen Augenblicken glomm das Feuer und die morschen Stückchen entfachten schnell das Feuer im kleinen Holzhaufen. Jetzt hob sie die Bergkristallkugel in ihren Händen nach oben und drehte sich, so dass sie alle sehen konnten. Ein „Ahh“ und „Ohh“ ertönte über den Platz. Nach einem Handzeichen herrschte wieder Stille und Vanesah weihte Wulfin zur Meisterin der Sonne. Wulfin zog sich auf ihren heiligen Platz zurück, während das Volk mit Speis und Trank, mit Gesang und Tanz feierten. Wie immer lauschten die Erwachsenen den Weissagungen, die Kinder und Jugendlichen hatten ihre eigenen Spiele.

YYYYYYYYYYYY

Die Festlichkeiten waren beendet und Wulfin ging am anderen Morgen mit Hagla wieder zu den Amselleuten. Im neuen Lehrjahr sollte sie alles über den Sommer mit all seinen Ausprägungen und Qualitäten lernen. Im Dorf wurden die beiden mit dem üblichen Empfangsritual begrüßt. Die Kinder hatten Blumen zu Kränzen gebunden und mit ihren hellen Kinderstimmen sangen sie den Willkommensgruß. Dann wurden den beiden die Kränze auf den Kopf gesetzt. Wulfin freute sich, endlich wieder in ihrem Heimatdorf zu sein. Sie atmete den bekannten Duft des Meeres ein, jeder

Atemzug ließ sie wieder ein Stückchen mehr zu Hause ankommen, das Aroma der zum Trocknen aufgehängten Fische rundete die Sinfonie der Sinne perfekt ab.

Einen Teil der Dorfbewohner hatte sie bereits beim gestrigen Fest gesehen, aber hier in ihrem Heimatdorf all ihre Lieben wieder zu sehen, trieb ihr die Freudentränen in die Augen. Die nächsten dreizehn Monde im Ort ihrer Kindheit verbringen zu dürfen, an dem sie meinte jeden Grashalm und jedes Sandkorn zu kennen, ließ ihr Herz höher schlagen. Sie hatte sich bei den Hirschleuten gut eingelebt, aber das Gefühl von Heimat mit der Verbindung zu den Ahnen, war hier bei den Amselleuten. Am Dorfplatz hatte man Essen vorbereitet, so dass sie sich erst einmal stärken konnten. Wulfin genoss jeden Bissen, denn am Ritualtag hatte sie traditionell gefastet und heute Morgen hatte sie nur Quellwasser getrunken. Danach gingen sie den Hügel hinauf in die Höhle der Storchenfrau Hagla. Im Allgemeinen wurden die Heilerinnen dieser Zeit Erdfrauen genannt. Im Laufe ihrer Ausbildung bekam jede zukünftige Erdfrau eine Vision, welches Krafttier sie ihr Leben lang begleiten würde. Darüber hinaus zeichnete sich jede Erdfrau durch eine spezielle Gabe aus.

Hagla war die Meisterin des Fortbestands und als Storchenfrau eingeweiht worden. Vanesah, die Priesterin der Sonne, war als Adlerfrau eingeweiht worden. Bei Wulfin, der zukünftigen Priesterin des

Alleinen war schon seit ihrer Geburt bekannt, dass sie als Wolfsfrau eingeweiht werden wird. Die Höhle von Hagla lag auf dem Hügel, den man in fernen Zeiten „Streckelsberg" nennen würde. Seit Generationen wurde diese Höhle von den Erdfrauen bewohnt. Die Höhle hatte einen breiten Eingang, der von großen Büschen geschützt war. Im hinteren Teil war das Schlaflager von Hagla, etwas weiter vorne waren die Schlafplätze von Wulfin und einer Erdfrauen-Helferin namens Ruga. Im vorderen Teil das Herdfeuer und einige Sitzgelegenheiten. In einer kleinen Seitenausbuchtung lagerten viele Tiegel mit Arzneien und getrockneten Heilkräutern.

Das Sammeln und Verarbeiten der Heilkräuter hatte mit Beginn des Frühlings gerade erst wieder begonnen. Die Erdfrauen-Helferin Ruga war von Hagla ausgebildet worden, so dass sie mit dem Wissen über die Wirkungsweise der Kräuter bestens vertraut war. Wann immer Hagla sich auf einer Reise befand, konnten die Dorfbewohner auf das Heil-Wissen von Ruga der Erdfrauen-Helferin zählen. Erdfrauen-Helferinnen wohnten meistens im Dorf und hatten eine eigene Familie.

Priesterinnen und Erdfrauen lebten außerhalb des Dorfes, sie hatten eigene Aufgaben, deshalb waren sie von den typischen Frauenarbeiten befreit. Zwar konnten sie Kinder haben, ihr Stand verbot ihnen allerdings, dass sie sich an einen Gefährten banden.

Das Lehrjahr des Sommers war ein ganz besonderes Lehrjahr, sie lernte viel über die Himmelsrichtung des Südens, das Element Wasser und die Phase im Leben in der das Kind zum jungen Erwachsenen heran wuchs. Wulfin wurde mit vielen Heilkräutern und Salben vertraut gemacht. Standen im Lehrjahr des Frühlings alle Heilkräuter, Mineralien, Tinkturen und Mittelchen im Mittelpunkt, die mit Hitze zu tun haben, wie Erkältungen, Entzündungen, die Zähne und Wallungen, so waren dies im Jahr des Sommers alle Krankheiten, die mit den Emotionen und Wasser generell zu tun haben. Außerdem galt es, die heiligen Flüssigkeiten kennen zu lernen. In der Entwicklung vom Kind zum jungen Erwachsenen wurde auch das Wissen um das Ritual der Reifung gelehrt.

Jeder Jugendliche freute sich auf das Ritual der Reifung, denn es machte einen Jungen zum Mann und ein Mädchen zu einer Frau. Am Fest des Frühlingstages durfte man an den Riten teilnehmen. Danach stand es einem offen, einem Gefährten sein Herz zu schenken und beim nächsten Fest des Sommertages den Bund zu weihen.

Wulfin freute sich ganz besonders auf diese Lehrstunden. Die Kräuter und ihre Wirkungsweisen auf den Körper hatte sie schon als Kind von ihrer Ziehmutter Rana gelernt. Im Jahr des Sommers lernte sie, welche Kräuter bei emotionalen Krankheiten wirken. Als Kind waren ihr nur körperliche Beschwerden bei den Dorfbewohnern aufgefallen. Jetzt lernte sie, dass es auch

Krankheiten gab, die außerhalb des körperlich Sichtbaren lagen. Da waren werdende Mütter, die plötzlich Herzeleid spürten, denen gab Hagla einen Sud aus Frauenkräutern, vermischt mit Honig und einem kleinen Tropfen Herzwurz. Hagla betonte immer und immer wieder, wie giftig Herzwurz sein könne und wie heilsam die richtige Menge wäre. Dann waren da die Menschen, die Trost finden wollten, weil ein Familienmitglied den Weg zu den Ahnen genommen hatte, auch hier mischte Hagla einen winzigen Tropfen in den Heilsud.

Da waren Männer, deren Frauen wegen Schwangerschaft oder Krankheit abgeraten wurde, mit ihnen die Wonnen zu teilen. Auch da hatte Hagla das passende Mittelchen parat. Dabei lernte Wulfin auch, wie wichtig körperliche Nähe war. Ein Streicheln über die Hand, eine Umarmung, ein leichtes Wiegen waren oftmals das beste Heilmittel. Hagla wusste immer genau, ob das Heilmittel aus Kräutern, körperlicher Zuwendung oder aus beidem bestehen musste. Erst jetzt fiel ihr auf, dass ihr Vater Gunnar des Öfteren zu Hagla ging. Nach einiger Überlegung kam sie zu dem Schluss, dass diese Besuche wohl mit dem frühen Tod ihrer leiblichen Mutter zu tun haben musste. Aus Respekt vor ihrem Vater verließ sie die Höhle aber immer, wenn er bei Hagla war. Deshalb blieb ihr auch verborgen, mit welchem der Heilmittel Hagla ihren Vater versorgte. Aber dass er körperliche Nähe und auch Herzwurz bekam, da war sie sich ganz sicher. Wulfin wusste, dass Herzwurz nur in einer bestimmten Region an der Küste des Festlandes wuchs. In zwei Jahren würde sie ihr Lehrjahr dort verbringen und Hagla hatte ihr schon jetzt den Auftrag gegeben, Nachschub an Herzwurz mitzubringen.

Noch kostbarer war aber ein Öl, das aus Bernstein gewonnen wurde. Bei den Amselleuten wurde damals der Bernstein „Auge der Möwe“ bezeichnet, weil die Farbe so ähnlich war. Dieses Öl wurde verwendet, wenn die Schmerzen in den Knochen oder dem Rücken zu schlimm waren oder wenn eine Wunde sich weigerte auszuheilen. Der Legende nach hatten die Sternengeschwister dieses Öl als Geschenk mitgebracht. Bernstein gab es an der Küste bei den Amselleuten in Hülle und Fülle, aber es fehlte die Technik, um daraus Öl machen zu können.

Viele Meister hatten es vergeblich versucht. Wulfin wusste nur zu gut, wie man mit dem Auge der Möwe heilt. Babys kauten beim Zahnen darauf herum, bei Sehnen- und Nervenschmerzen, Verkrüppelungen, bei Erkältungen selbst bei Nasenbluten wurde das Auge der Möwe eingesetzt. Man machte Heilwasser daraus, oder trug es als Amulett am Körper. Aber das Wissen darüber, wie man das wertvolle Öl herstellen konnte, blieb den Menschen dieser Zeit verborgen.

Noch ganz im Gedanken versunken wollte Wulfin das Fläschchen mit dem Herzwurz in die Nische zurück stellen, als sie mit ihrem Lederkleid am Tonbehältnis des kostbaren Bernsteinöls hängen blieb. Der Behälter kippte und ergoss das wertvolle Öl auf den Höhlenboden. Mitten in der Luft konnte Wulfin das Gefäß fangen, aber für den Inhalt war es schon zu spät. Nach dem ersten Schock liefen ihr die Tränen des Entsetzens und Kummers in Strömen über das Gesicht. Was hatte sie nur getan? Ihre Lehrmutter war für einige Tage in ein anderes Dorf gewandert, um der dortigen Erdfrau bei einer schwierigen Untersuchung einer Frau behilflich zu sein. Wie sollte sie ihr nur ihr Missgeschick erklären? Und wo sollte sie so ein Öl her bekommen? Das Öl der Sternengeschwister. Sternengeschwister? Plötzlich hatte sie die Lösung vor ihrem geistigen Auge. Flugs holte sie Moos, saugte das Öl damit auf und bedeckte die Ölreste mit Sand. Dann rannte sie in den Wald. Sie kannte eine Stelle wo das Auge der Möwe wuchs. Hagla hatte ihr diese riesige Bernsteinader gezeigt. Sie musste Hagla versprechen, dass die Ader vor den Dorfbewohnern im Verborgenen blieb. Nur die Erdfrauen der Amselleute wussten von diesem Schatz und das sollte auch so lange bleiben, wie es genügend Bernstein am Strand zu finden gab. Insgeheim hoffte Hagla, dass die Ader immer versteckt bliebe, denn diese riesige Ader hob die Energie des ganzen Hügels bis weit hinter das Dorf auf ein hohes Niveau.

Wulfin hatte nur ein Ziel vor Augen, es war ihr egal, wie sie gerade aussah, ihre verquollenen Augen, ihr verschwitztes Kleid, die Ölreste an den Fingern. Sie musste ihren Sternenpriester rufen - und zwar jetzt gleich. Der Göttin sei Dank, hatte Wulfin bereits gelernt mit welchem Atemritual eine Erdfrau ihre Emotionen ausgleicht.

Sofort stellte sich eine innere Harmonie ein, sie erhob ihren Geist, und rief ihren Sternenpriester.

>>>>>>>>>>>>>

Waldemar hatte einen anstrengenden Arbeitstag hinter sich. Gerade nach einer Dienstreise war immer besonders viel zu tun. Er war so in seine Geschäftswelt vertieft, dass er erst wieder beim Abendessen an die Erlebnisse der vorangegangenen Nächte denken konnte. Alles war so absurd und dennoch so spannend, dass er sich ernsthaft überlegte, ob er sich lieber wünschen sollte einmal eine Nacht durchzuschlafen, oder am liebsten noch mehr Zeit mit Wulfin zu verbringen.

Beim Abendspaziergang mit Rulibuu genoss er die Zeit mit seinem Hund, dabei versuchte er Gedanken zu empfangen, was er für Wulfin mitbringen solle. Aber trotz höchster Konzentration wartete er vergeblich auf ein Zeichen.

Fast enttäuscht, aber dennoch in seiner Zeitreisebekleidung legte er sich ins Bett und schlief schnell ein.

Zunächst rauschte es in seinen Ohren, dann war wieder dieser Wirbel und nun stand er im Wald und vor ihm seine Priesterin aus der Steinzeit. Auf den ersten Blick erkannte er, dass etwas passiert sein musste. Seine strahlende Göttin kam ihm wie ein begossener Pudel vor. Schmutzige, ölige Hände, Flecken auf dem Lederkleid und verquollene Augen empfingen ihn. Seine besorgten Gedanken wurden von Wulfin sofort beantwortet, und sie erzählte ihm in kurzen Worten, was passiert war.

Dann zeigte sie ihm die Bernsteinader, nannte den Bernstein aber „Auge der Möwe“.

Er hatte zwar wenig Ahnung von Mineralien, aber dass diese Bernsteinader etwas außergewöhnlich Seltenes war, erkannte er mit einem Blick. Was für eine Schönheit!

Dann erzählte ihm Wulfin, dass sie das Öl von den Sternengeschwistern erhalten hätten. Langsam dämmerte ihm, was Wulfin von ihm wollte. Wahrscheinlich sollte er Bernsteinöl beschaffen. „Bitte lieber Waldemar, Priester des Sterns 21. Jahrhundert, würdest du mir die Ehre erweisen und mir solch ein Öl beschaffen? Du rettest damit mein Leben und das Leben all meiner Brüder und Schwestern, die auf Heilung durch das Öl hoffen.“ Dann nahm sie ihn an der Hand und führte ihn nur ein paar hundert Meter weiter in eine Höhle. „Was für eine Höhle, ich stehe in einer bewohnten Steinzeithöhle“, dachte er noch, als sie ihn schon in die Nische führte und das leere Behältnis zeigte. Dann umarmte sie ihn und ließ ihren Tränen freien Lauf. Waldemar war von der Umarmung völlig überrascht. Ihre Nähe hatte etwas Vertrautes. Sanft umhüllte er sie mit seinen Armen und tröstete sie. Er strich ihr über das Haar und jetzt erst bemerkte er, dass er sie das erste Mal ohne ihren Wolfskopfschmuck sah.

Im nächsten Moment fühlte er sich von einem Licht umgeben, dass sie beide einhüllte. Ein Licht, das Heilung und Segen brachte. Wulfin ließ ihn los und sah ihn fragend an. „Natürlich werde ich dir dieses Öl beschaffen. Wenn ich es habe, dann denke ich ganz fest an dich und du kannst mich wieder rufen.“

Sie bedankte sich bei ihm, umarmte ihn und in die Umarmung hinein flirrte ein Licht, verwirbelte ihn in einzelne Lichtfunken und brachte ihn sicher nach Hause.

Er öffnete die Augen und fand sich in seinem Bett wieder. Die Uhr zeigte erst 2:30 Uhr. Er wollte seinen Auftrag aber gleich erledigen und setzte sich an seinen PC.

Die Suchmaschine war gnädig mit ihm, denn Bernsteinöl in hervorragender Qualität konnte man bequem online bestellen. Innerhalb von zwei bis drei Tagen sollte die Lieferung da sein. Zufrieden mit seinem Werk, nahm er sich noch die Zeit in seinen normalen Schlafanzug zu wechseln und schlief tief und fest bis zum Morgen.

YYYYYYYYYYYY

Obwohl Waldemar bereits als flirrende Lichtfunken verschwunden war, blieb Wulfin immer noch in der Position, als würde sie ihn weiterhin umarmen. Sie hatte das Gefühl, als wären Waldemar und sie zu einer Einheit verschmolzen. Auch sie hatte diese Vertrautheit gespürt, als ob sie und der Sternenpriester seit ewigen Zeiten zusammengehören würden. Erst als sie ein Stupsen an ihrem Bein vernahm, kam sie wieder in ihren Alltag zurück. Wulf, ihr treuer Begleiter war von seinem Waldausflug zurückgekehrt und machte auf sich aufmerksam. Obwohl Wulf sie immer bewachte, gab es Tage, an denen er im Wald verschwand und Wulfin war sich sicher, dass er als gestandener Wolfsmann von Zeit zu Zeit eine Wölfin besuchte.

Sie vergewisserte sich, dass alle Ölspuren auf dem Höhlenboden verschwunden waren, versorgte ihr Lederkleid und machte sich an ihr weiteres Tagwerk.

Ab und zu hatte sie das Bild von Waldemars Gesicht vor Augen. Sie hoffte inständig, dass er das Öl rechtzeitig bringen würde. Plötzlich beschlich sie eine innere Unruhe, deshalb ging sie zu ihrem heiligen Platz, um einen Geisterflug zu machen. In der Steineiche bei den Hirschleuten hatte sie diesen Flug zur Perfektion gebracht und nun flog sie auf den Schwingen eines Adlers immer höher und höher. Sie sah das Meer und viele Inseln. Sie sah das Dorf der Amselleute, aber plötzlich sah sie das Dorf in einem anderen Licht. Es war viel größer, die Hütten waren viel größer, und die Dächer strahlten in einem Licht, als ob die Dächer aus lauter Sonnenstrahlen bestehen würden. In ihrem Kopf hörte sie das Wort „golden“, sie sah die Häuser aus funkelnden Steinen und Menschen mit einer für sie fremdartigen bunten Kleidung, als ob alle Blumen ihre Farben in diese Kleidung gegeben hätten. Das Material der Kleidung war glänzend aus einem Material, viel feiner als die groben Webstoffe ihrer Heimat. Dann flog Wulfin über einen großen Markt, wo viele Waren angeboten wurden. Fleisch und Fisch, Gemüse und Obst sah sie, Töpferwaren, Kleidung alles in riesiger Auswahl. Dann sah sie einen Stand, an dem wurden Heilkräuter, Salben und Öle angeboten. Es war ein buntes Treiben. Neugierig blickte sie auf den Heilkräuter-Stand und fragte im Geiste die junge Frau, ob sie auch Öl vom Auge der Möwe hätte. Die junge Frau nickte und lächelte. Dann schickte ihr Wulfin im Geiste das Bild von Waldemar und die Frau lächelte wieder.

Der Adler erhob sich höher und höher, Wulfin sah das Meer, die Inseln und ihr Heimatdorf, dann flog der Adler ganz sanft nach unten und setzte Wulfin ganz sicher auf ihrem heiligen Platz ab. Verwirrt öffnete sie die Augen.

>>>>>>>>>>>>>

Schon den ganzen Nachmittag über mischten sich Worte in sein Denken. In Mitten seiner beruflichen Gedankenwelt drangen „Hunger" „Brot" „Essen" in sein Bewusstsein. Selbst das Wort „Salz" nahm er sehr deutlich wahr. Was war da los? Steckte Wulfin in Schwierigkeiten? Bisher galten ihre Wünsche eher ihrer heilerischen Ausbildung und das Bernsteinöl war auch schon bestellt. Er überlegte kurz und kam zu dem Ergebnis, dass Wulfin in seinen Augen bisher immer einen satten, rundum genährten Eindruck gemacht hatte. Natürlich war man in der Steinzeit noch direkter den Naturgewalten ausgesetzt und zwischen jeder seiner Zeitreisen lagen in Wulfins Welt viele Monate oder vielleicht sogar Jahre. So machte er sich auf das Schlimmste gefasst, unterbrach seine Arbeit und suchte was er im Haus an Essbaren hatte. Zwei selbstgebackene Laib Brot hatte ihm seine Nachbarin heute Morgen freudestrahlend vorbei gebracht. Er wollte schon ablehnen, da für ihn alleine zwei Brote zu viel waren, die Nachbarin hatte ihn aber mit dem Argument überredet, dass er die Brote auch einfrieren könne.

Der Nachbarin zu widersprechen lag ihm fern, das Brot war von ihr mit den besten Bio-Zutaten liebevoll gebacken worden. „Hier ist nur Mehl, Quellwasser und Salz verarbeitet", pflegte die Nachbarin immer zu betonen. Und selbst das Korn war eine uralte Sorte, dessen Name Waldemar immer wieder entfiel.

Diese Art von Brot würde bestimmt auch für Wulfins Stoffwechsel verträglich sein, dachte er, und packte gleich beide Laibe ein.

Im Kühlschrank lag ein großes Stück Suppenfleisch vom Rind. Rotraud war mit einem Bio-Bauern verwandt und der belieferte sie immer mit den Stücken, die für die verwöhnten Gaumen der Neuzeit als zu minderwertig galten und gerade noch als Suppengrundlage verwertet wurden. Im Hause von Rotraud und Waldemar war dem Hund Rulibuu dieses Fleisch eine willkommene Delikatesse. Dieses urwüchsige Stück Fleisch schien Waldemar bestens für die Anforderungen in der Steinzeit geeignet zu sein. Er fragte seinen Rulibuu, ob er mit der Spende in die Steinzeit einverstanden war und als er den treuen Blick in seinen Augen sah, interpretierte er dies als Ja. Dann füllte er noch Haferflocken in einen Tontopf. Kopfzerbrechen bereitete ihm allerdings das Salz. Wulfin wohnte am Meer und Waldemar hatte selbst schon gesehen wie das Meerwasser zum Salzen verwendet wurde, außerdem wurde es in der Sonne getrocknet und das Salz in Töpfen gelagert. Weshalb sollte er Salz mitbringen? Von Zweifeln hin und hergerissen, entschied er sich doch, wenigstens einen kleinen Salzstreuer aus Ton, gefüllt mit Himalaya-Ursalz mitzunehmen. Er legte großen Wert darauf, ausschließlich Naturmaterialen in die Vergangenheit mitzunehmen. Es reichte in seinen

Augen schon aus, dass in der aktuellen Zeit die Umwelt durch Plastik und genveränderten Lebensmitteln belastet war, es auch noch in die alte Zeit mitzunehmen wäre für ihn einem Frevel gleich gekommen.

Zufrieden mit seiner Ausbeute setzte er sich wieder an den Schreibtisch, um in Ruhe weiter zu arbeiten.

YYYYYYYYYYY

Maria war die Tochter des Pfarrers von Coserow, einem kleinen Dorf auf einer Insel in der Ostsee. Die Schrecken des Dreißigjährigen Krieges waren allgegenwärtig. Wer rechtzeitig vor den brandschatzenden Soldaten fliehen konnte, lebte in entsetzlicher Armut und der Hunger nagte oft an den Gedärmen. Längst waren im Dorf, vor allem aber im Hause des Pfarrers, alle Vorräte und das Ersparte aufgebraucht. Obwohl ein Mann der Kirche, wurde sein Glaube auf eine zu harte Probe gestellt. Er fühlte sich nur noch wie ein Häuflein Elend. Seine Tochter Maria aber betete mit einer Inbrunst, die eines Priesters würdig gewesen wäre. Voller Gram musste der Pfarrer mit ansehen, wie seine Tochter von Tag zu Tag schmäler wurde und an manchen Tagen vor Schwäche fast zu Boden fiel. Trotzdem fand Maria im Gebet immer wieder die Stärke, um sich sowohl um den Vater als auch um die Kinder des Dorfes zu kümmern. Des Nachts stand sie auf, um in der Morgendämmerung in der Stube zu beten:

„Bitte lieber Gott, behüte meinen Vater und bitte beschütze uns vor dem Feind. Bitte schicke uns einen Engel, gib uns unser täglich Brot, versorge die Notleidenden mit einem Stück Fleisch und gib uns auch das Salz für die Suppe. Ich gelobe, dir stets zu dienen und als gottesfürchtiges Mädchen dir Ehre zu bereiten. Amen."

In das warme Licht der Kerze getaucht, sah sie wie ein Engel aus.

Waldemar stand seit geraumer Zeit am Fenster und lauschte den Worten. Ein Energiewirbel hatte ihn durch die Zeiten gezogen und auf dem Vorplatz einer Feldstein-Kirche landen lassen. Der Morgen graute und die Umgebung sah so aus, als ob er maximal im Mittelalter gelandet war. Wo sollte das alles noch hinführen? Ratlos blickte er sich um. Gegenüber der Kirche stand ein kleines Häuschen. Das Flackern einer Kerze zog ihn magisch an. Und nun stand er gebannt am Fenster.

Das Mädchen war in eine strahlende Aura getaucht, die selbst den Worten der schlimmsten Not die Härte nahm. Waldemar war sich nun sicher, dass die mitgebrachte Nahrung für das Mädchen bestimmt war. Aber wie konnte es sein, dass ihre Worte so mächtig waren, um ihn durch alle Zeiten hierher zu bringen? Die Geschichte mit Wulfin machte ihm allmählich Spaß, aber dass er auch ins Mittelalter gezogen werden konnte, trieb ihm eine Sorgenfalte ins Gesicht. Er sah sich um und bemerkte dass ein Fensterchen nur angelehnt war. Er öffnete einen Spalt und sah eine Feuerstelle. Dies schien die Küche zu sein. Er stellte seine Gaben nach innen auf den Fenstersims und lehnte das Fensterchen wieder an. Das Mädchen hatte das Kämmerchen nebenan mittlerweile verlassen und Waldemar stellte sich darauf ein, bald wieder in seinem Zuhause zu landen. Bislang blieb es ihm verborgen, nach welchen Regeln dies passierte. So wollte er die Zeit nutzen, um sich die Umgebung näher anzusehen. Er umrundete die Kirche, öffnete das Portal und ging nach innen. Die Kirche war in einem bedauernswerten Zustand. Sie schien verwüstet worden zu sein und war nur notdürftig wieder in Stand gesetzt.

Die Armut schlug auf seinen Magen und der muffige Geruch ließ ihn schnell wieder nach draußen gehen. Die umliegenden Häuschen waren zum Teil niedergebrannt, andere wieder einigermaßen bewohnbar gemacht. Neugierig ging er durch das Dorf, immer darauf bedacht in Deckung zu bleiben. Wer weiß, wie man hier mit Fremden umgehen würde! Hinter einem kleinen Haus konnte er einen Stall ausmachen, in dem eine ausgemergelte Kuh stand. Was macht es doch für einen Unterschied, ob man in einem Buch von den Zuständen im Mittelalter liest oder ob man den Geruch von Hunger und Tod förmlich einatmen kann! Innerlich bedankte er sich, dass er in Frieden und Wohlstand leben durfte. Er war nur noch ein paar Schritte vom Pfarrhaus entfernt, als er einen Freudenschrei vernahm. Er lugte durch das Fenster und sah, dass das Mädchen zusammen mit einem Mann und einer Frau auf den Knien lagen, um dem Herrgott für die Gaben zu danken. Der Mann sprach die Frau mit Ilse an, sie antwortete mit Herr Pfarrer und er sprach von seinem Töchterchen Maria. Nun wusste Waldemar, dass das Mädchen die Pfarrerstochter Maria war. Das Schicksal schien ihm die Rolle des hilfreichen Engels in Menschengestalt zuweisen zu wollen. Innerlich beglückt, versteckte sich Waldemar hinter einem Busch an der Kirchenmauer und wartete auf die Rückkehr in sein normales Leben. Diesmal schien es aber etwas länger zu dauern, er döste beim Warten sogar ein. Als er die Augen wieder öffnete, war die Sonne schon weiter Richtung Nachmittag gewandert. Er hörte Maria etwas von Brombeerpflücken sagen und sah gerade noch wie sie das Haus verließ. In sicherem Abstand folgte er ihr. Der Weg führte in den Wald einen Hügel hinauf. Plötzlich war es Waldemar so, als ob er sich hier auskennen würde. Wenn er Recht hatte, müsste er gleich an der Höhle vorbei kommen, in der Hagla und Wulfin dereinst lebten. Längst drang das Rauschen des Meeres in seine Ohren. Sollte er zwar in Wulfins Heimat, aber in einer anderen Zeit gelandet sein? Was hatte dies alles zu bedeuten? Das Mädchen Maria lief in Sichtweite voraus, schon war sie ganz dicht an der Stelle, wo er die Höhle vermutete. Und tatsächlich schien Maria hinter dem Buschwerk plötzlich verschwunden zu sein.

Fieberhaft ratterte es in seinem Kopf. Er erinnerte sich an eine Bernsteinader, die ihm Wulfin hier in der Nähe gezeigt hatte. Ob sie wohl die Jahrtausende überlebt hatte? Oder waren die Bernsteine längst gefunden und verarbeitet worden? Vorsichtig lief er an der Höhle vorbei und versuchte sich an die Stelle zu erinnern, wo der Bernsteinschatz liegen musste. Die Jahrtausende hatten die Landschaft verändert, aber für ihn lag nur ein Tag Echtzeit dazwischen und mit traumtänzerischer Sicherheit machte er die Stelle aus. Als er vorhin an der Höhle vorbei lief, hörte er Maria beten und so wollte er den Vorsprung nutzen. Er nahm einen Stock und schaufelte den Sand beiseite. Tatsächlich! Der Bernstein lag als riesiger Brocken da, man konnte nur erahnen, wie weit die Ader in die Tiefe gehen würde. Vom Graben waren ein paar kleinere Stücke und ein etwas größerer Brocken gelöst worden. Den Brocken steckte er sich in die Hosentasche. Er wollte ausprobieren, ob er auch etwas mit nach Hause nehmen konnte. Als er ein Rascheln vernahm, konnte er sich gerade noch rechtzeitig hinter einem Busch verstecken. Mit großen Augen stand Maria vor der Bernsteinader. Die Tränen liefen ihr über das Gesicht. Sie sammelte ein paar von den kleinen Stücken, brach ein größeres Stück ab und wickelte alles in ihre Schürze, die sie zur Sicherheit zusammen band. Waldemar beobachtete Maria aus seinem Versteck heraus. „Natürlich, das war es!“ dachte er und schlug sich die Hand auf seine Stirn. „Mit dem Bernstein kann sie Essen kaufen, und der Not ein Ende bereiten.“ Nun war er sich absolut sicher, dass seine Mission beendet wäre und tatsächlich vermischte sich das Rauschen des Meeres mit dem Rauschen in seinen Ohren und er erwachte in seinem bequemen Bett. Der Wecker zeigte 6:30 Uhr, deshalb wollte er noch eine halbe Stunde dösen. Vergeblich versuchte er in den Schlaf zu kommen, denn die Bilder der vergangen Nacht huschen ständig in seine Gedanken. Da war es ihm doch lieber, gleich aufzustehen. Ein Griff in seine Hosentasche bestätigte ihm seinen nächtlichen Ausflug, denn der Bernstein war tatsächlich mit durch die Zeiten gewandert. In der Kirche hatte er den Namen „Coserow“ entziffern können. Noch im nächtlichen Gewand setzte er sich an den PC, um die Suchmaschine nach näheren Informationen zu befragen. Diesmal hatte er Erfolg. Er fand die Geschichte dieses Ortes, auf einer Ostseeinsel gelegen, mit Wurzeln bis in die Steinzeit. Da gab es aber auch noch eine Geschichte von einer Bernsteinhexe namens Maria, die wohl gerade noch rechtzeitig vor dem Scheiterhaufen bewahrt wurde.

Als er den Namen Maria las, gefror ihm förmlich das Blut in den Adern. War er die Ursache dafür, dass diese Maria als Bernsteinhexe angeklagt wurde? Hätte er ihr die Bernsteinader überhaupt zeigen dürfen? Wie würde er sich fühlen, wenn sie tatsächlich auf dem Scheiterhaufen als vermeintliche Hexe verbrannt worden wäre? Was sollte er nur tun? Bisher war es spannend und interessant in die Steinzeit zu Wulfin zu reisen, aber die Geschichte mit Maria ließ ihn über mögliche Konsequenzen nachdenken. Durfte er sich überhaupt anmaßen Dinge aus der Zukunft in die Vergangenheit zu bringen? Oder umgekehrt den Bernstein in die Jetztzeit bringen? Was richtete er in der Steinzeit an? Die Geschichte von Wulfin würde er vergeblich im Internet suchen. Er fühlte sich mit all seinen Fragen allein gelassen und nahm sich fest vor, am Abend mit Rotraud darüber zu sprechen.

Ja, Rotraud war die richtige Ansprechpartnerin. Sie kannte sich in ethischen Fragen aus, wusste immer Rat und den glaubte Waldemar dringend nötig zu haben. Er duschte sich die Energie des Entsetzens vom Leib, frischte seine Nachtkleidung auf und machte sich mit Rulibuu auf den morgendlichen Spaziergang. Auf dem Weg Richtung Wald nahm er die Umgebung in einem völlig anderen Licht wahr.

Er sah den Luxus der modernen Welt, die Zeitungen lagen in den Briefkästen, der Bäcker verteilte frische Brötchen, die Autos parkten vollgetankt am Straßenrand, die Gehsteige waren sauber gefegt, selbst der Waldweg war verdichtet, die Waldbeeren hingen an den Sträuchern, vor lauter Überfluss überließ man sie den Vögeln oder gar am Strauch vertrocknen. Wie anders doch in der Vergangenheit, wo jede noch so kleine Beere voller Dankbarkeit geerntet wurde. Waldemar sah die Welt plötzlich mit anderen Augen und entschied sich, lieber gleich mit Rotraud zu telefonieren. Ihm war bewusst geworden, dass er sonst nur mit halber Aufmerksamkeit arbeiten hätte können. Kaum zu Hause, rief er bei Rotraud an. Sie freute sich riesig über den außerordentlichen Anruf und erzählte ihm sofort, wie sehr sich ihr Vater über ihre Fürsorge freuen würde. Er sei so richtig aufgeblüht, seitdem sie sich so intensiv mit ihm beschäftigen würde. Mutter wäre auf dem Weg der Besserung. Plötzlich hielt sie in ihrem Redeschwall inne und fragte ihn, weshalb er anrufe, ob er alleine zurecht käme, wie es Rulibuu ginge. „Rotraud wie sie leibt und lebt“, dachte er bei sich. Aber wie sollte er seine Fragen formulieren? Ihm fehlten die Worte und so beschloss er, bis nach ihrer Rückkehr in einigen Tagen zu warten.

Rotrauds Euphorie hatte ihn angesteckt, hatte ihn aus seinem emotionalen Loch geholt, ließ ihn wieder klare Gedanken fassen. Wenn Maria so kraftvoll beten konnte, wenn Wulfin es schafft, ihn bis in die Steinzeit zu holen, dann wäre es einen Versuch wert, seine Wünsche selbst zu äußern.

Also setzte er sich auf den Boden, überkreuzte die Beine zum Schneidersitz, suchte nach den passenden Worten und sprach: „Liebe höhere Weisheit, falls es dich überhaupt geben sollte, ich bitte darum, dass ich nur Dinge mache, die in Übereinstimmung mit meinem Gewissen, meinen ethischen Überzeugungen und meinen seelischen Aufgaben stehen. Ich bitte darum, dass ich die Macht habe, „Nein“ zu sagen, wenn die Stimme meines Herzens es sagt. Amen, Danke.“

Seine eigenen Worte erfüllten ihn derart, dass er sich sicher war, von nun an das Richtige zu tun.

Danach machte er sich voll konzentriert an seine Arbeit.

>>>>>>>>>>>>>>

Am Abend war er sich ganz sicher, dass er das Bernsteinstück wieder in die andere Zeit bringen wollte. Deshalb steckte er es in seine Hosentasche. Voller Erwartung auf ein neues Reiseabenteuer legte er sich ins Bett und schlief ein. Mitten in der Nacht wurde er von einem Poltern wach. Er fühlte sich wie in einer Wäscheschleuder. Er hatte das Gefühl, ständig irgendwo anzustoßen und nach schier endloser Zeit kam er etwas hart auf einem festen Untergrund auf. Er war auf feinstem Marmor gelandet. Es musste Marmor oder so etwas ähnliches sein. Der Boden schillerte in einem lindgrün, durchwirkt von goldglänzenden Adern. Die Schönheit dieses Bodens ließ ihn zunächst vergessen, dass er ja zu Wulfin oder zumindest zu Maria reisen wollte. Er blickte sich um, und mit

Erstaunen erkannte er, dass er in einer Stadt gelandet war, die an Reichtum kaum zu übertreffen war. Die Häuser waren mit Edelsteinen verziert und die goldenen Dächer übertrafen alles, was er bisher in seinem Leben gesehen hatte. Die Luft roch einerseits nach Meer, aber da waren noch so viele andere, angenehm würzige exotisch anmutende Gerüche. Im Hintergrund hörte er ein Stimmengewirr, als ob irgendwo ein Markt wäre. Seine Neugier war geweckt und er folgte den Geräuschen.

Nach ein paar Schritten hatte er den Markt erreicht. „Wow!" war das Einzige, was er sagen konnte. Männer und Frauen waren in seidene Gewänder gekleidet, überall Glanz und Reichtum, die Goldmünzen klimperten mit dem Geschmeide an Hals und Händen um die Wette und jeder schien sich an Prunk überbieten zu wollen. Plötzlich kam er sich, gekleidet in seine Denim-Jeans und dem Sackleinen-Hemd, ziemlich deplatziert vor. Er wollte sich schon zurückziehen, um in einer Seitengasse über seine Situation nachzudenken, als er bemerkte, dass eine Händlerin ihn mit dem Zeigefinger zu sich lockte. Eine junge Frau, mit einem hinreißenden Lächeln. Als er bei ihr war, nahm sie ihn etwas zur Seite und sagte ihm, dass sie schon auf ihn gewartet habe. Das große Fragezeichen in seinen Augen beantwortete sie, indem sie ihm eine dunkle Glasflasche gab. „Gold des Meeres-Oleum", sagte sie zu ihm.

Zunächst stutze er etwas, aber dann fiel es ihm wie Schuppen von den Augen, natürlich, die junge Frau hatte Bernsteinöl für ihn. Hatte Wulfin ihn auf geheimnisvolle Weise zu dieser jungen Händlerin gebracht? Als die Händlerin allerdings ihre Hand öffnete, als Zeichen für die Bezahlung, wurde es ihm heiß und kalt. Womit sollte er bezahlen? Wo sollte er plötzlich Goldstücke her haben? Da fiel ihm der große Bernstein in seiner Hosentasche ein. Mit einer abfälligen Handbewegung wischte sie sein Bezahlangebot weg. Was solle sie mit diesem Brocken? Sie erwartete etwas Wertvolleres. Mit abschätzendem Blick betrachtete sie ihn von oben bis unten. In seinem Kopf ratterte es, was hatte die Schöne im Blick, hatte sie es auf ihn abgesehen? Er fühlte sich wie ein wildes Tier, das in die Fänge einer Jägerin geraten war. Als ihr Blick auf seine Schuhe fiel änderte sich ihr Gesichtsausdruck sofort in Entzücken. Sie deutete darauf, und machte eindeutig klar, was sie als Gegenleistung für das Öl erwartete. Seine Schuhe! Natürlich! Seine eleganten Designer-Wildleder-Schuhe aus dem 21. Jahrhundert waren Einzigartig in dieser prunkvollen Welt. Was blieb ihm Anderes übrig, als seine Schuhe gegen das Öl einzutauschen? So zog er seine Schuhe aus, nahm die Flasche mit dem Öl und ging nur noch mit Socken an den Füßen weiter.

An einem Stand gab es Schuhe zu kaufen, wunderschöne Wendeschuhe aus feinstem Ziegenleder, die er mit seinem Bernsteinbrocken bezahlen konnte. Diese Schuhe hatten sogar den Vorteil, dass sie vom Stil her viel besser zu seinen steinzeitlichen Ausflügen passten. Wie sollte er jetzt weiter kommen? Er erinnerte sich an seine Worte, dass er an Wulfin denken würde, wenn er das Öl hat. Er zog sich in eine Seitengasse zurück, schloss seine Augen und sprach gebetsmühlenartig „Wulfin ich habe das Öl, Wulfin ich habe das Öl, Wulfin ich habe das Öl“. Irgendwann, vielleicht nach der dreiunddreißigsten Wiederholung, wurde er in einem Wirbel nach oben gezogen und fand sich plötzlich in der Höhle bei Wulfin.

YYYYYYYYYYYY

Freudestrahlend empfing sie ihn. „Der Göttin sei Dank“, rief sie und streckte die Arme nach oben. „Du bist rechtzeitig gekommen. Meine Lehrmeisterin ist noch im anderen Dorf.“ „Wulfin, hast du mich in diese goldene Stadt geschickt? Ich wollte dir das Öl doch von zu Hause mitbringen!“ Plötzlich überschattete ein erschrockener Ausdruck Wulfins Gesicht und mit ehrfürchtiger Miene sagte sie: “Waldemar, ich hatte so ein schlechtes Gefühl, ich hatte Angst, dass es zu lange dauern würde, bis du das Öl von den Sternengeschwistern bringen würdest. Und dann hat mich mein Geisterflug zu diesem großen Dorf geführt und ich habe das Öl entdeckt, da musste ich doch etwas tun. Ich habe dieser Frau vermittelt, dass sie dir das Öl geben soll und dann habe ich versucht, mein Ritual so zu ändern, dass du zuerst dorthin gehst, bevor du zu mir kommst. Bitte lieber Sternenpriester habe Verständnis für mich“. Waldemar war entzückt von Wulfins Art, ihre fehlende Geduld so zu bündeln, dass sie zielgerichtet genau das erreichen konnte, was sie für richtig hielt. Es erstaunte ihn, diese Eigenschaft bei einer jungen Frau zu finden, die ungefähr fünftausend Jahre vor unserer Zeit lebte. Genauso, wie meine Rotraud, dachte er. Er liebte diese starke Kraft bei seiner Frau und konnte es kaum fassen, dass dies offensichtlich eine Eigenschaft von Frauen war, die über die Jahrtausende hinweg weitergegeben wurde. Er gab Wulfin die Flasche und gemeinsam füllten sie das kostbare Öl in das alte Ölbehältnis.

Erst danach sah sich Wulfin die Flasche näher an. Es war ein neuartiges Material für sie und deshalb fragte sie Waldemar, ob sie die Flasche behalten dürfe. Was hätte er dagegen haben können? So versteckte sie die Flasche an der Stelle, wo sie auch den Tonbehälter mit den Streichhölzern aufbewahrte. Voller Dankbarkeit umarmte sie Waldemar und wie schon beim letzten Mal, umhüllte die beiden ein magisches Licht, in dem sich Waldemar in flirrende Lichtfunken auflöste.

»»»»»»»»»»»»»

Als er in seinem Bett aufwachte war es schon früher Morgen. Er war sowieso noch viel zu aufgebracht, deshalb stand der gleich auf. Das warme Wasser der Dusche holte ihn wieder voll und ganz in die Jetztzeit. Rulibuu schleckte ihn freudestrahlend ab und vermittelte ihm, dass jetzt eine gute Zeit wäre, um Gassi zu gehen.

Die Zeit mit seinem Hund in der Natur war für ihn noch wichtiger als früher geworden, denn mit jedem Schritt hatte er das Gefühl wieder ganz in seinen Alltag zu kommen.

Nach dem Frühstück fuhr er gleich in das Schuhgeschäft, in dem er vor kurzem seine Schuhe gekauft hatte. Gott sei Dank waren die gleichen noch auf Lager. Dann hatte er Sehnsucht nach der Stimme seiner Rotraud, er überlegte sogar kurz, einen Abstecher zu ihr zu machen, verwarf den Gedanken aber und rief sie stattdessen an.

Sie meinte doch noch ein paar Tage bei den Eltern bleiben zu müssen und bat ihn um Verständnis. Er versicherte ihr, dass er nach wie vor gut zurecht kommen würde und nur deshalb angerufen zu haben, weil er ihre Stimme hören wollte. Danach musterte er seine Wendeschuhe aus der goldenen Stadt und fand, dass sie sogar bequemer und beweglicher als seine Designerschuhe waren. Im

Bett notgedrungen mit Straßen-Schuhen zu liegen, war bisher immer der anstrengendste Teil. Der Anruf eines Kunden riss ihn aus seinen Überlegungen und brachte ihn wieder in die Alltagswelt zurück.

YYYYYYYYYYY

Wulfin fiel ein Stein vom Herzen. Voller Dankbarkeit ging sie an ihren heiligen Platz, um Gott und Göttin für ihre Hilfe zu danken. Hagla hatte ihr erst vor einiger Zeit dieses spezielle Ritual gelehrt. Auf der einen Seite war Wulfin erleichtert, andererseits nagte trotzdem das schlechte Gewissen an ihr. Durfte sie vor ihrer Lehrmutter ein Geheimnis haben oder sollte sie ihr den Vorfall beichten? Aber wie sollte sie ihr erklären, welche Rolle ihr Sternenpriester darin einnahm? Sie kam zu dem Ergebnis, dass sie erst einmal abwarten wollte. Zwei Tage später kam Hagla von ihrer Reise zurück und es dauerte noch einmal fast zwei Wochen, bis sie das erste Mal das Öl einsetzen musste. Zunächst sah alles so aus, als ob Wulfins Missgeschick im Verborgenen blieb. Nachdem der alte Dorfbewohner versorgt war und sich wieder auf den Weg ins Dorf gemacht hatte, rief Hagla Wulfin zu sich. „Wulfin, hast du mir etwas zu sagen?“ fragte sie mit strengem Blick. Wulfin war sofort klar, dass Hagla etwas bemerkt haben musste. „Wulfin, du weißt doch, dass zwischen einer Lehrmeisterin und ihrer Schülerin absolutes Vertrauen herrschen muss. Wie sollte sich eine Schülerin sonst würdig erweisen, eine ehrbare Erdfrau zu werden? Oder in deinem Fall sogar eine strahlende Priesterin?“ Zerknirscht erzählte Wulfin ihrer Lehrmutter was geschehen war, die Idee mit dem Geisterflug und zu ihrem Leidwesen auch den Kontakt zu Waldemar ihrem Sternenpriester. Als Erdfrau konnte Hagla ihre Gedanken noch viel klarer lesen, als jeder normale Dorfbewohner. Konnte ein Dorfbewohner nur die Gedanken lesen, so war Hagla in der Lage auch die Emotionen der Gedanken zu erfassen. Als Wulfin am Ende ihrer Geschichte angekommen war, war sie richtig erleichtert. „Wie gut es doch tut, wenn die Wahrheit ans Tageslicht kommt“, dachte sie und nahm sich vor, in Zukunft lieber bei der Wahrheit zu bleiben. „Weißt du, an was ich erkannt habe, dass du das Öl ersetzt hast?“ fragte Hagla. Als Wulfin den Kopf schüttelte sprach Hagla weiter: „Jedes Öl verändert im Laufe der Zeit seine Farbe und seinen Geruch und unser Öl war schon sehr alt. Ich hätte bald neues beschaffen müssen und da hätte ich dich in das Geheimnis eingeweiht“. Sie schüttelte den Kopf: „Aber meine Wulfin hat bereits ihren eigenen Weg gefunden! Glaubst du denn, die Menge hätte über all die vielen Jahre gereicht, seitdem wir es das erste Mal von den Sternengeschwistern bekommen haben? Deshalb haben uns die Sternengeschwister einen Weg gezeigt, wie wir immer wieder neues von ihnen bekommen können. Und dieses Wissen wird von auserwählten Erdfrauen gehütet und nur dann weitergegeben, wenn es an der Zeit ist. So wie es aussieht, bist du auch eine der Auserwählten, aber du hast deinen Weg ja selbst gefunden.“ Der ursprüngliche Vorwurf in Haglas Stimme veränderte sich im Laufe ihrer Erklärungen in respektvolle Anerkennung.

„Als ich dich am Ende deines vorherigen Lehrjahrs bei der Priesterin der Sonne Vanesah abgeholt habe, hatte sie mich darauf aufmerksam gemacht, dass sie den Verdacht hege, dass du ein Geheimnis vor ihr hättest. Wenn sich das bewahrheitet hätte, wäre sie berechtigt, deine Berufung zur Priesterin des Alleinen anzuzweifeln. Ich dankte ihr für den Hinweis und versicherte ihr, dass ich als deine Lehrmeisterin volles Vertrauen in dich habe und sie mir getrost die Verantwortung überlassen könne. Merkst du Wulfin, wie gefährlich es sein kann, wenn man vor seiner Lehrmeisterin ein Geheimnis hat? Ich liebe dich als meine Schülerin, für Vanesah scheinst du aber eine Konkurrentin zu sein, die dich für jeden Fehler zur Verantwortung ziehen will. Deshalb bitte ich dich, lasse mich an deinen Ideen teilhaben, dann kannst du dir sicher sein.“ Voller Dankbarkeit fiel Wulfin ihrer Lehrmutter um den Hals. Dann erzählte sie ihr von der Idee, dass ihr Sternenpriester Waldemar ihr helfen würde, die Priesterin des Alleinen zu werden.

Voller Anerkennung hörte Hagla ihr zu und war im Grunde ihres Herzens richtig stolz, so eine Schülerin zu haben.

Die nächsten Tage waren sie damit beschäftigt, alles Wissen über die heiligen Flüssigkeiten zu erfahren und Wulfin musste immer wieder Aufgaben lösen. Sie sollte sich eigene Gedanken zu den heiligen Flüssigkeiten, Wasser, Urin, Blut, Sperma und Speichel machen. Danach sollte sie Hagla ihre gewonnen Erkenntnisse mitteilen: „Wasser ist deshalb eine heilige Flüssigkeit, weil wir es zum Trinken brauchen, wir brauchen es, um zu reinigen und wir brauchen es, um Heilwasser herzustellen und das Mutterwasser ist für viele Monate die Heimat des Kindes, bevor es das Licht der Welt erblickt. Urin ist eine heilige Flüssigkeit, weil man ihn zum heilen nehmen kann und weil man den Rohrkolbensamen mit Urin zu Zunder macht. Blut ist eine heilige Flüssigkeit, weil man stirbt, wenn zu wenig im Körper ist und krank wird, wenn zu viel im Körper ist und weil das Wesen der Ahnen im Blut weitergegeben wird und weil jedes Mädchen zur Frau wird, wenn sie ihren ersten Blutfluss hat. Sperma ist eine heilige Flüssigkeit, weil der erste Erguss einen Jungen zu einem Mann macht und die Kraft des Vaters im Sperma ist. Speichel ist eine heilige Flüssigkeit, weil man damit heilen kann. Aber ich glaube, dass es noch eine weitere heilige Flüssigkeit gibt“ ergänzte sie. Hagla sah ihr mit fragenden Augen direkt ins Gesicht. „Was für eine Flüssigkeit meinst du denn?“ Wulfin grinste über das ganze Gesicht und antwortete voller Begeisterung: „Na die Milch der Mutter, ohne sie würde ein Baby verhungern und sterben und wenn man die Milch der Mutter auf offene Wunden gibt, werden sie geheilt.“ Anerkennend und nachdenklich zugleich hörte sich Hagla die Ausführungen von Wulfin an. Als Meisterin des Fortbestands war es ihr ein großes Anliegen, dass ihre Schülerinnen möglichst viel über die heiligen Flüssigkeiten wussten. Wenn ein Mädchen ihren ersten Blutfluss hatte, war sie bereit für das Ritual der Reifung. Dazu wurde sie von der Erdfrau in allem unterrichtet, was man als Frau und Mutter, der Schwangerschaft und Geburt wissen musste. Außerdem wurde sie unterrichtet, wie sie am besten mit ihrem zukünftigen Gefährten die Wonnen teilen konnte. Sobald ein Junge eines Morgens den lang ersehnten ersten Samenerguss vermelden konnte, war er bereit für das Ritual der Reifung. Auch hier war die Erdfrau dafür zuständig, dem Jungen zu lehren, wie er liebevoll mit seiner Gefährtin die Wonnen teilen konnte. Die genaue Unterrichtung wurde von den Erdfrauen und den Mädchen und Jungen sehr ernst genommen. Schließlich waren diese Lehrstunden eine wichtige Basis dafür, dass das Dorfleben harmonisch gestaltet und der Fortbestand der Familien gesichert war. Das Ritual der Reifung wurde dann für alle jungen Erwachsenen gemeinsam am darauffolgenden Frühjahrstag bei einem gemeinsamen Fest zelebriert. Jedes Jahr wurde bei einer anderen Dorfgemeinschaft gefeiert.

Im Lehrjahr der Sonne sollte Wulfin erst einmal alles lernen, was vor dem Ritual der Reifung gelehrt wurde. Im darauffolgenden Jahr, dem Lehrjahr von Morgen- und Abendstern, sollte sie das Gelernte dann praktisch umsetzten.

Eines Abends rief Hagla Wulfin zu sich um ihr mitzuteilen, dass sie gerne den Sternenpriester Waldemar persönlich kennen lernen wolle. Sie wollte sich zeigen lassen, wie Wulfin ihn rief und welchen Eindruck er auf Hagla machen würde. Als Lehrmeisterin musste sie genau Bescheid wissen. Schließlich wollte sie Wulfin mit allen Mitteln vor Vanesah schützen.

>>>>>>>>>>>>>>

Waldemar hatte nach einigen Versuchen die fremdartigen Wendeschuhe so angezogen, dass sie für seine Füße bequem waren. Im Laufe des Tages war das Bernsteinöl geliefert worden. Da er dieses extra für Wulfin bestellt hatte, packte er das Fläschchen in einen Umhängebeutel aus Leder. Ob er diese Nacht wieder zu ihr reisen durfte? Er hoffte es inständig. Zunächst wälzte er sich etwas im Bett hin und her, aber schließlich fielen ihm vor Müdigkeit die Augen zu. Er träumte, in einem ICE-Zug zu fahren, der immer schneller wurde und von den Gleisen abhob. Er hatte das Gefühl fliegen zu können, als er plötzlich abrupt am Boden landete. Er öffnete die Augen und fand sich in der Steinzeit wieder. Wulfin saß auf ihrem heiligen Platz und ein goldenes Licht umhüllte sie. Vor ihr lag ihr Wolf und lugte zu ihm hinüber. Überraschenderweise stand neben Wulfin eine Frau, welche von einer Aura umgeben war, die Waldemar ehrfurchtsvoll erschaudern ließ. Wulfin kam auf ihn zu, verbeugte sich vor ihm und sprach: „Waldemar, ich freue mich, dass du gekommen bist. Darf ich dir meine Lehrmeisterin Hagla vorstellen?" dabei zeigte sie mit einer geschmeidigen Handbewegung in Richtung der ehrwürdigen Frau. Waldemar verbeugte sich andeutungsweise und erwies der Lehrmeisterin die Ehre. Nun kam Hagla auf ihn zu und musterte ihn mit einem liebevoll interessierten Blick. Obwohl diese erhabene Frau bestimmt schon viele Jahre auf Erden war, leuchteten ihre Augen in einem hellen Blau und gaben ihr ein waches, jugendliches Aussehen. Waldemar hatte den Eindruck, dass sie mit einem Blick sein ganzes Wesen erkennen konnte. Überraschenderweise war ihm das aber eher angenehm und vertrauensvoll hielt er ihrem Blick stand. „Darf ich den verehrten Sternenpriester in meine Höhle einladen?" Sie kommunizierte mit ihm auf die gleiche Weise, wie er es schon von Wulfin gewohnt war. Allerdings hatten die Laute der Lehrmeisterin einen tieferen, vollen Klang. Gemeinsam gingen sie in die Höhle und ihm wurde ein Platz auf einem Sitzstein neben dem Herdfeuer angeboten.

Hagla dankte Waldemar dafür, dass er sich bereit erklärt habe, ihrer Schülerin zu helfen eine Priesterin des Alleinen zu werden. Dann bedankte sie sich noch für das frische Bernsteinöl. Das war für ihn das Stichwort und er packte aus seinem Beutel das Fläschchen mit dem Bernsteinöl aus. Er übergab es Hagla als Gastgeschenk aus dem 21. Jahrhundert. Hagla war tief beeindruckt und nahm es voller Ehrfurcht an. Damit schien sie die Unterredung als beendet zu betrachten, denn sie verließ mit einem Gruß den Raum und zog sich nach weiter hinten in die Höhle zurück.

Wulfin nahm Waldemar an den Händen und führte ihn nach draußen. Sie gingen zum Ritualplatz und Wulfin erklärte ihm die Bedeutung der sieben Steine, erzählte von ihrer leiblichen Mutter und dass sie ihrer Lehrmeisterin Hagla den Vorfall mit dem Öl vom Auge der Möwe erzählen musste. Sie wollte wissen, ob er verärgert wäre, weil sie alles zugeben musste und auch ihr Geheimnis mit ihm preisgab. Waldemar versicherte ihr, dass es schon in Ordnung wäre. Für ihn würde es sich noch viel besser anfühlen, weil Wulfin nun mit Sicherheit auf ihre Lehrmeisterin zählen könne.

Wulfin dankte ihm, umarmte ihn und wieder umhüllte die beiden das mystische Licht und löste Waldemar in kleine leuchtende Lichtfunken auf.

>>>>>>>>>>>>>

Als er in seinem Bett aufwachte, hatte er immer noch das Gefühl einer Umarmung. Weshalb gaben ihm diese Umarmungen immer ein Gefühl von Vertrautheit? Er kannte sie erst seit ein paar Tagen und hatte doch den Eindruck als wären sie seit Ewigkeiten miteinander verbunden. Noch im Sinnieren schlief er ein und wachte erst relativ spät am Morgen auf.

YYYYYYYYYYYY

Das Lehrjahr des Sommers war mit einem gebührenden Fest gefeiert worden. Für das Jahr von Morgen- und Abendstern hatte sich Hagla einen ganz besonderen Ort ausgesucht und wollte ihre Schülerin höchstpersönlich dorthin bringen. Als Hagla vor einer gefühlten Ewigkeit als junge Frau aus ihrer Heimat zu den Amselleuten kam, hatte sie sich vorgenommen eines Tages ihrer Heimat einen Besuch abzustatten. Mit Wulfin war für sie diese Zeit nun gekommen. Wulfin sollte ihre Lehre auf der Heimatinsel von Hagla machen. Schon vor vielen Monden hatte sie eine Nachricht durch einen Fischer überbringen lassen. Nun freute sich das ganze Dorf auf ihre Ankunft bei den Otterleuten. Es war ein weiter Weg mit dem Boot über das Meer, mit Zwischenstationen auf kleinen sandbankähnlichen Inseln, bis sie auf der Insel, die man in ferner Zukunft Rügen nennen würde, ankamen. Ore hatte sie mit kräftigen Ruderschlägen innerhalb von zwei Tagen sicher an ihr Ziel gebracht.

Die Bootsanlegestelle war mit bunten Steinen dekoriert. Der Späher hatte ihre Ankunft schon kundgetan, so dass die Dorfbewohner ein Spalier bildeten und mit einem fröhlichen Lied die Gäste willkommen hießen. Hagla ließ ihren Gefühlen freien Lauf, so dass ihre Freudentränen wie kleine Perlen ihr Gesicht zum Leuchten brachten. Als erstes kam ihnen im festlichen Gewand Sigrun, die erhabene Erdfrau der Otterleute entgegen. Zuerst begrüßte sie Hagla mit dem Grußwort der Erdfrauen. Danach reichte sie Wulfin rituell die Hand, um sie als neue Schülerin zu ehren.

Erst nachdem der rituelle Ablauf abgeschlossen war, trat der Anführer der Otterleute auf die Gäste zu, um sie zur Begrüßungsfeier einzuladen. Ore war unter den Fischern schon bekannt und setzte sich zu ihnen. Hagla und Wulfin bekamen einen Ehrenplatz. Hagla fieberte schon seit Monaten auf diesen Besuch. Jetzt, da sie angekommen waren, hüpfte ihr Herz vor Freude. Es war geplant, dass sie für fünf Nächte bleiben und Ore sie dann wieder nach Hause bringen würde. Sie konnte ihrer Helferin bei den Amselleuten zwar gut vertrauen, aber als Meisterin des Fortbestands war sie immer darauf bedacht im

Dorf zu sein, wenn Geburten anstanden. So wollte sie die Tage in der Heimat gut nutzen, um alles was sie schon seit Jahren im Herzen trug zu verwirklichen. Sie freute sich auf ihren Bruder, die gemeinsame Zeit mit Sigrun, der Priesterin des Fortbestands und vor allem auf die heiligen Plätze mit denen sie sich auch nach ihrem Fortgang eng verbunden fühlte. Ihre Gedanken kreisten um die wunderschönen Erinnerungen, so dass das Stimmengewirr des Begrüßungsfestes in den Hintergrund trat. Wie viele Winter waren ins Land gezogen seit dem sie sich als jung eingeweihte Meisterin des Fortbestands auf den Weg zu den Amselleuten gemacht hatte. Sigrun, die Priesterin des Fortbestands der Otterleute war gemeinsam mit ihr ausgebildet worden, sie waren gleich alt und waren mehr als Freundinnen, sie fühlten sich als Seelengeschwister. Sigrun blieb bei den Otterleuten und als ihre Lehrmeisterin den Flug zu den Ahnen angetreten hatte, übernahm sie das Amt der Erdfrau und Priesterin bei den Otterleuten. Hagla hatte schon bei Wulfins Geburt beschlossen, dass sie als zukünftige Priesterin bei Sigrun ihr Lehrjahr des Morgen- und Abendstern durchlaufen sollte. Sigrun fühlte sich geehrt, diese Aufgabe übernehmen zu dürfen. Die Dorfbewohner fühlten sich ebenfalls geehrt, denn Wulfin war auf allen Inseln eine Geschichte wert. Die zukünftige Priesterin, die stets von einem Wolf begleitet wurde. Wulf war selbstverständlich auch auf der weiten Bootsreise mit über das Meer bekommen und die Schäfer des

Ortes beäugten ihn aufmerksam. Zwar hatten sie schon gehört, dass es zahme Wölfe geben soll, die Schafe hüten würden. Aber wer weiß, ob der gerade angekommene Wulf so ein Wolf war? Wulfin war glücklich über die neue Umgebung und fühlte ganz tief in ihrem Herzen, dass sie bei Sigrun viel lernen könne. Die Herzlichkeit, die Hagla und Sigrun gemeinsam ausstrahlten legte sich wie ein schützender Mantel um Wulfin. Als die Festlichkeiten endlich beendet waren, machte sie sich gemeinsam mit ihren beiden Lehrmeisterinnen auf den Weg zur Hütte von Sigrun. Sie lag etwas oberhalb des Dorfes auf einen kleinen Hügel. Um eine Baumgruppe herum war mit Ästen, Steinen und Lehmstampf die Hütte gebaut worden. Das Besondere war, dass die tragenden Stämme allesamt aus lebenden Bäumen bestanden. So war man im Inneren geschützt und im Äußeren umhüllt von den mächtigen Bäumen. Der Hügel bot eine wunderbare Aussicht auf das Dorf, den Strand und das weite Meer. Die beiden Erdfrauen hatten viel zu bereden, so dass Wulfin sich auf ihr Lager zurückzog und sofort in einen tiefen Schlaf fiel. Sie träumte von einem kleinen Bündel, das am Strand lag. Ein Fischer entdeckte es und brachte es in das Dorf. Im Bündel lag ein kleiner Säugling. Von der Mutter fehlte jegliche Spur. Dann sah sie dieses Kind im Zeitraffer wachsen und erkannte einen jungen Mann, der Schafe hütete. Plötzlich wachte Wulfin schweißgebadet auf. Das gleichmäßige Atmen der beiden Erdfrauen war deutlich zu hören. Deshalb ging sie erst einmal vor die Hütte. Der Vollmond schien hell und beleuchtete die Umgebung in einem silbernen Licht. Was sollte dieser Traum nur bedeuten? Aus Erfahrung wusste sie, dass ihre Vollmondträume immer eine tiefere Bedeutung hatten. So wollte sie am nächsten Tag mit Hagla und Sigrun darüber reden. Sie war so vertieft in ihre Gedanken, dass sie erst einmal erschrak, als Wulf sie sanft anstupste, um ihr danach zärtlich die Hände abzuschlecken. Anscheinend war er gerade von seinem nächtlichen Ausflug zurückgekehrt. Sie streichelte liebevoll sein Fell und dachte beim Anblick des Sternenhimmels an ihren Sternenpriester. Wo er wohl gerade war? Sie suchte den Sternenhimmel ab, bis ihr Blick an einen besonders hellen Stern hängen blieb. Ob dies wohl der Heimatplanet von ihrem Sternenpriester war? Plötzlich überfiel sie eine Müdigkeit, so dass sie schleunigst in die Hütte zurückging.

Diesmal schlief sie bis in die frühen Morgenstunden durch. Hagla machte sich schon auf den Weg zu ihrem Bruder und Sigrun wollte mit ihr zum Steinkreis der Ahnen gehen. Deshalb musste sie die Besprechung ihres Traumes auf den Abend verschieben. Der Weg führte sie oberhalb der Steilküste immer am Meer entlang. Nach einer halben Stunde waren sie da. Schon von weitem sah sie die Besonderheit dieses Ortes, ein einzelner Baum erhob sich mächtig vor dem Steinkreis. Dieser Baum war von einem magischen Licht umhüllt.

Dieses Licht verband Himmel und Erde. Als sie näher kamen, sah sie, dass es ein Holunderbaum war, die Heimat der Göttin Holda. Diese Göttin, die man in fernen Zeiten auch Frau Holle nennen würde, war im Weltbild dieser Zeit für die Geburt in dieses Leben und für den Übergang zu den Ahnen zuständig. Wulfin war tief berührt von der Energie dieses Ortes. Der Steinkreis der Ahnen war hier zugleich der Ort, an dem Holda den Hauch des Lebens nahm und den Hauch des Lebens gab. Ein lebendiger Ort des ständigen Kreislaufes des irdischen Lebens. Direkt neben dem Steinkreis, am Rande der Steilküste stand ein weiterer Holunderbaum, dessen riesiger Stamm die Form einer Gebärenden hatte. Wulfin bekam die Aufgabe, sich mit dem Ort vertraut machen. Sigrun machte sich gleich wieder auf den Weg ins Dorf. Wulfin wurde von der Energie des Gebärholunders förmlich angezogen und setzte sich hinein. Sofort war sie eins mit der Energie. Sie sah wie hier schon viele Kinder das Licht der Welt erblickt hatten. Aber sie nahm auch wahr, dass hier der Platz war, an dem die Schulungen für den Tag der Reifung durchgeführt wurden. Im letzten Lehrjahr hatte sie alles über diese Schulungen gelernt, in diesem Jahr sollte sie aber das erste Mal den praktischen Teil selbst übernehmen. Sie bekam die Informationen der Riten aus alten Zeiten und fühlte sich als aktiver Teil dieses Ritus. Die Energie prickelte durch ihren Unterleib und ließ alle Zellen vibrieren. Aus dem Vibrieren wurde ein Bild und plötzlich wusste sie, was ihre Aufgabe als zukünftige

Priesterin des Alleinen war. Glasklar stand diese Aufgabe vor ihrem geistigen Auge. Sie sollte dieses Ritual in die Vollkommenheit bringen. Nur wie das gehen sollte, war ihr noch schleierhaft, aber dass ihr Sternenpriester dabei helfen würde, da war sie sich absolut sicher. Voll mit sich im Reinen, verließ sie diesen Platz, um sich mit der Energie des Steinkreises zu verbinden. Danach machte sie sich auf den Heimweg.

>>>>>>>>>>>>>

Waldemar war tief in seine Arbeit versunken. Seine Aufgabe erforderte höchste Konzentration, doch mitten im Gedanken tauchte immer wieder das Bild von Wulfin auf. Er fühlte sich wieder einmal so intensiv mit ihr verbunden. Einerseits wünschte er sich, dass er wieder zu ihr reisen dürfe, auf der anderen Seite musste er sich auf seine beruflichen Aufgaben konzentrieren. Die Sehnsucht nach ihr erschreckte ihn. Wie lange konnte er diese nächtlichen Abenteuer noch durchhalten? „Bis du ihr geholfen hast, die Priesterin des Alleinen zu werden!“ war die prompte Antwort. Er hörte diesen Satz so laut in seinem Inneren, dass er erst einmal kräftig durchatmen musste. Dann riss ihn das Klingeln des Telefons aus seinen Sehnsüchten. Seine Schwester war am anderen Ende der Leitung. Zunächst fragte sie ihn nach seinem Befinden, aber eigentlich wollte sie ihm erzählen, dass sie einen neuen Freund hätte, der einen interessanten Beruf habe. Nur mit einem Ohr hörte er seiner Schwester zu. Der neue Freund hätte die Aufgabe, Verwandtschaftsverhältnisse genetisch abzuklären. „Stell dir vor, da reicht schon ein Haar," erzählte sie ihm. Waldemar antwortete mit einem „hm, hm, so, so" und war froh, als seine Schwester ausgeredet hatte. Endlich war er wieder in der Lage, konzentriert weiter zu arbeiten. Die Gedanken an Wulfin wollte er auf den Feierabend verlegen.

YYYYYYYYYYYY

In Windeseile war Wulfin wieder im Dorf angelangt. Es war erst früher Nachmittag deshalb lief sie durchs Dorf an den Strand. Schon bei ihrer gestrigen Ankunft war ihr aufgefallen, um wie viel anders der Strand hier war. In ihrer Heimat bei den Amselleuten war sie einen feinen Sandstrand gewöhnt. Hier dagegen lagen am Strand Stein an Stein in den verschiedensten Farben und Formen. Hagla hatte ihr bereits bei der Überfahrt erzählt, dass es hier auch die Steine zum Feuermachen geben solle. Voller Entzücken lief sie auf den Steinen, hob immer wieder einen besonders schönen auf, um danach gleich wieder einen besonders schönen zu entdecken. Es war ein außergewöhnliches Spiel des immer wieder Neuentdeckens. Es war fast so, als ob die Steine die Perfektion der Schöpfung zeigen wollten. Die Natur hier zu berühren, die Schönheit in den Händen zu halten, was für ein Erlebnis. Die Steine, die im Wasser lagen, hatten ein noch schöneres Farbspiel. In einiger Entfernung sah sie einen hohen Felsen in einem reinen Weiß. Schwäne schwammen auf dem Wasser und kamen ihr entgegen. Es kam ihr so vor, als ob die Schwäne sie begrüßen wollten. Als sie sich umdrehte, sah sie hinter sich in der Steilwand eine Ausbuchtung die einer Grotte ähnlich war. Dort wollte sie sich etwas ausruhen. Den festen Boden der Grotte bildete eine blau-grün-rosa Steinader. Daneben entdeckte sie ein grünes Herz aus Stein in der Wand. Sie setzte sich auf den Boden und ein Gefühl von Sicherheit umarmte sie und sie beschloss, dass diese Grotte ihr spezieller Platz werden sollte. Ein Blick zur Sonne ermahnte sie zum Aufbruch. Sie wollte rechtzeitig bei ihren Lehrmeisterinnen zurück sein. Als sie in der Hütte ankam, waren die beiden in ein intensives Gespräch vertieft. Aus Respekt vor den beiden Erdfrauen zog sie sich erst einmal auf ihr Lager zurück. Was besprochen wurde blieb außerhalb ihrer Wahrnehmung.

Nach einiger Zeit wurde Wulfin von den beiden gerufen, um ihr die Geschichte von Wollin zu erzählen. Er war als kleines Baby am Strand gefunden worden und fand in der Familie von Haglas Bruder eine neue Heimat. Mittlerweile war er zu einem jungen Mann herangewachsen. Gemeinsam mit Haglas Bruder hütete er die Schafherde der Familie. Da er in diesem Jahr das Fest der Reifung feiern sollte, musste seine Herkunft geklärt werden. Der Ahnenmeister des Dorfes war überfordert die Herkunft eines Findelkindes zu klären. Deshalb bat er Sigrun um Hilfe. Es war ein offenes Geheimnis, dass Svanja, die Tochter des Clanführers Svan und Wollin ein Paar werden wollten. Wulfin hatte Mühe, geduldig zuzuhören, endlich durfte sie sprechen und erzählte den beiden Erdfrauen ihren Traum. Wie aus einem Munde sprachen Hagla und Sigrun, dass dies das Zeichen des Himmels wäre. Wulfin war die Auserwählte, um diese Aufgabe zu lösen. Bis zum Fest der Sonnenwende hatte sie noch drei Monde Zeit. Sofort stand vor Wulfins geistigem Auge ein Bild ihres Sternenpriesters, so dass Wulfin die Gewissheit hatte, mit seiner Hilfe auch diese Aufgabe lösen zu können. Dann wurden ihr noch die traditionellen Aufgaben im Lehrjahr des Morgen- und Abendsterns erklärt. Wie schon in den vorangegangenen Lehrjahren, wo sie den Mond und die Sonne beobachten musste, sollte sie diesmal den Lauf des Morgen- und Abendsterns am Himmel erkunden. Sie freute sich über diese Aufgabe, konnte sie sich doch mit offiziellem Auftrag des Nachts und am frühen Morgen in der Natur bewegen. Diese Zeitfenster wollte sie auch dazu nutzen, um sich mit ihrem Sternenpriester austauschen zu können.

Die Tage vergingen, Hagla hatte sich auch schon vor einiger Zeit mit Ore wieder auf den Rückweg gemacht. Wulfin hatte aus der Vergangenheit gelernt, so dass sie gemeinsam mit Hagla ihrer neuen Lehrmeisterin von ihrem Sternenpriester erzählt hatte. Somit waren Wulfins Gedanken rein und mit der Priesterin Sigrun hatte sie eine verschwiegene Lehrmeisterin, die die Impulse ihrer Schülerin sehr zu schätzen wusste. Wulfin machte sich am frühen Morgen auf den Weg zu ihrer Sternengrotte, um den Morgenstern zu erwarten. Nachdem sie einige Tage vergebens des Abends und auch am Morgen auf den Stern gewartet hatte, erklärte Sigrun ihr, dass der Stern für ungefähr drei Monde fern bleiben würde, um dann als Morgen- oder Abendstern wieder zu kommen. Sigrun meinte, dass in den nächsten Tagen der Morgenstern wieder seine Strahlen vom Himmel senden würde.

Für ihre Beobachtungen hatte sich Wulfin die Grotte an der Steilküste ausgesucht. Sie nannte diese Grotte liebevoll ihre Sternengrotte. Als sie sich auf den Boden setzte und den Blick gen Himmel richtete, sah sie in aller Deutlichkeit das Gesicht ihres Sternenpriesters. Heute war der Zeitpunkt, an dem sie ihn zu sich rufen wollte. Sie hob die Arme gen Himmel, sang ihre Melodie und bat den Sternenpriester zu ihr zu kommen.

>>>>>>>>>>>>>

Der Feierabend war gekommen, Waldemar genoss das Gassigehen mit seinem Hund Rulibuu. Seitdem er zwischen den Zeiten wanderte, hatte er den Eindruck, als ob er zur Natur einen viel intensiveren Kontakt hätte. Er sah Details, die er vorher einfach ausgeblendet hatte. Überhaupt fühlte er sich wie neu zusammengesetzt. Sein Körper erschien ihm wie ein sicherer Schutz und sein Geruchssinn wurde immer feiner. Er hörte tief in sich hinein, ob Wulfin ihn Gedanken schickte, was er mitbringen solle. Aber weder ein Bild noch ein Wort kamen bei ihm an. Er hatte schon die Befürchtung, dass er diese Nacht auf einen Ausflug verzichten müsse. Hoffnungsvoll legte er sich zur Ruhe und schlief bald ein. Mitten in der Nacht erfasste ihn das nun schon bekannte Gefühl des immer schneller werdenden Soges und plötzlich stand er vor Wulfin. Es war die Zeit, in der die Nacht sich langsam verabschiedet, um dem neuen Tag im Morgengrauen Platz zu machen.

Wulfin saß am Boden vor einer Steilküstenwand, hatte die Augen geschlossen und sang ein wundervolles Lied. Gebannt lauschte Waldemar der Melodie und ließ sich von dieser Harmonie aus Klängen liebevoll umhüllen. Wulfin öffnete die Augen und strahlte Waldemar an. In ihrer Zeitrechnung war ihre letzte Begegnung schon eine gefühlte Ewigkeit her, während es für ihn ja erst gestern war.

Sie hieß ihn herzlich willkommen. Freudestrahlend zeigte sie ihm ihre Sternengrotte und erzählte ihm wie gewohnt durch Gedanken, Bilder und dem herrlichen Stimmengesang, was sie mittlerweile erlebt hatte und vor allem, weshalb sie ihn gerufen hatte. Sie blickten auf das herrliche Farbspiel des Meeres, das dem Aufgang der Sonne vorauseilte. Für Waldemar war es ein Genuss bis in die Tiefe jeder Zelle. Obwohl Wulfin mit geringem Abstand neben ihm saß, fühlte er körperlich eine Einheit, verbunden durch den Zauber des Augenblicks. Dann sah sie ihm direkt in die Augen und bat ihn um Hilfe. Konnte er ihr sagen, wie sie die Ahnwurzeln von Wollin, dem Findelkind herausfinden könne? Waldemar erzählte ihr, dass es bei ihm im 21. Jahrhundert so üblich wäre, über jeweils nur ein Haar festzustellen, ob jemand blutsverwandt sei und dass der Freund seiner Schwester so etwas machen könne. Mit großen Augen nahm Wulfin seine Ausführungen war. Plötzlich klatschte sie freudig in die Hände und danke Waldemar mit einer herzlichen Umarmung. Sie hatte nun verstanden, wie die Sternengeschwister das machen, also wusste sie auch, wie sie es selbst machen könne. Schließlich hatten die Sternengeschwister in alten Zeiten so viel Wissen bei ihnen gelassen und was noch fehlte, bekam sie als Information von ihrem Sternenpriester. Dann erzählte sie ihm mit leuchtenden Augen von dem Gebärholunder beim Steinkreis der Ahnen und ihrer Vision über ihre Aufgabe als Priesterin des Alleinen. Ob er ihr dazu noch Einzelheiten sagen könne, wollte sie von ihm wissen, denn was genau sie machen solle, war ihr noch schleierhaft. Er bat sie um etwas Bedenkzeit bis zum nächsten Mal. Eigentlich wäre er noch viel länger geblieben, aber Wulfin verstand das mit der Bedenkzeit so, dass er wieder nach Hause müsse, deshalb umarmte sie ihn, die Umarmung wurde zu einem goldenen Licht, in dem er sich in kleine goldene Funken auflöste. Wie schon gewohnt, fand er sich in seinem Bett wieder. Es war noch stockdunkel, so dass er erst einmal weiter schlief. Im Traum sah er sich auf einem Fels liegen, seine Haut glänzte golden. Da kam Wulfin auf ihn zu, sie war genau wie er von einer goldenen Farbe überzogen. An ihrem Hals sah er einen blauen Anhänger. Langsam kam sie auf ihn zu, kletterte auf den Fels und beugte sich über ihn. Das Klingeln des Weckers riss ihn aus seinem Traum. Er war ziemlich sauer auf das blöde Ding. Es war zwar höchste Zeit zum Aufstehen, aber er hätte den Traum gerne noch zu Ende geträumt.

Von wegen Zeit zum Aufstehen, mit der Hand schlug er sich auf die Stirn. Heute war sein freier Tag, er hatte nur vergessen, den Wecker auszuschalten. Ursprünglich hatte er geplant, zu seinen Schwiegereltern und Rotraud zu fahren. Auf der anderen Seite wäre es ihm lieber gewesen, zu Hause in Ruhe über den Traum und die Frage von Wulfin nachzudenken. Für seine Entscheidungsfindung wollte er den Morgenspaziergang mit Rulibuu nutzen. In der Natur hatte er doch die besten Ideen.

Leider traf er beim Gassigehen den Nachbarn mit Hund, so dass er schlecht mit dem Nachbarn reden und gleichzeitig eine Entscheidung treffen konnte. Kaum war er im Haus zurück, klingelte das Telefon. Rotraud war an der Leitung. „Guten Morgen Schatz", säuselte sie „du hattest doch heute vor, uns zu besuchen oder?" „Ja, eigentlich schon", war seine Antwort. „Wärst du mir böse, wenn du zu Hause bleiben würdest? Ich habe im Internet etwas bestellt, das soll ausgerechnet heute geliefert werden. Du weißt doch, wie blöd bei uns die Abholzeiten bei der Post sind." „Äh ja, wenn es für dich in Ordnung ist, dann bleibe ich halt daheim, ich kann mich schon beschäftigen, alles gut", antwortete er völlig cool, aber innerlich jauchzend. „Grüße mir deine Eltern, wie lange bleibst du denn noch?" „Nein, alles gut, ich komme alleine zurecht und mit Rulibuu ist auch alles in Ordnung", antwortete er, nachdem sie im sagte, dass sie wohl noch ein paar Tage bleiben müsse. Als das Telefonat beendet war, tat er erst einmal einen Freudenschrei. Jawohl, das Schicksal scheint es doch ganz gut mit allem zu meinen.

Er rief sich den Traum in Erinnerung, also da waren goldene Körperfarbe und ein blauer Steinanhänger das zentrale Thema. Bisher wurde er jede Nacht von Wulfin abgeholt, bei ihr waren manchmal Tage und manchmal Jahre dazwischen. Er wusste, dass in ihrer

Zeitrechnung bis zu ihrer Einweihung noch mindestens zwei weitere Lehrjahre vergehen würden, aber wie viele Tage es bei ihm sein würden war die Frage. Er musste also die kurze Zeit bestmöglich nutzen. Vielleicht sollte er als erstes bezüglich der goldenen Körperfarbe recherchieren? Von Körperfarbe hatte er nämlich null Ahnung. Im Internet fand er alle Antworten und bestellte auch sofort die goldene Bodypaintingfarbe für zwei Personen. Innerhalb von ein bis zwei Werktagen sollte geliefert werden. Er hoffte, dass er bis dahin Zeit hatte.

Dann noch dieser blaue Anhänger..... Dazu hatte er schon eine vage Idee.

Mittlerweile war das Paket für Rotraud geliefert worden, so dass er das Haus verlassen konnte. Sein Ziel war der Mineralienladen im Ort, der von einem guten Bekannten geführt wurde. Rotraud nannte den Bekannten „Steineflüsterer“, bei ihm wollte er sich über blaue Steine schlau machen. Was er denn genau suche, wollte der Steineflüsterer wissen. „Naja, einen blauen Stein, den man als Anhänger nehmen kann, der irgendwie verbunden ist mit Sternengeschwistern oder so etwas.“

Der Mineralienhändler dachte kurz nach: „Ich glaube, ein Andenopal wäre genau das Richtige. Der Legende nach sind die Andenopale die Augen der Götter, die sie auf der Erde zurück gelassen haben, nachdem sie wieder in den Himmel gestiegen sind.“

„Das klingt gut, hast du so einen Anhänger da?" antwortete Waldemar begeistert. „Als Überraschung für Rotraud?" wollte der Steineflüsterer wissen. Um eine Lüge zu vermeiden, nickte Waldemar nur vielsagend. Nach kurzem Suchen wurde der Steineflüsterer fündig. Ein wunderschöner Andenopal in einem dunklen Blau mit goldenen Dendriten, die wie Inseln im Ozean aussahen. Waldemar war begeistert, ließ sich in den Anhänger noch eine hellblau gefärbte Lederschnur einfädeln. Zur Überraschung des Händlers nahm er noch eine zweite Lederschnur mit. Er zahlte und machte sich frohen Mutes auf den Heimweg. Zu Hause angekommen dankte er allen himmlischen Kräften. Schon im Laden hatte er erkannt, dass er bereits einen ähnlichen Andenopal zu Hause hatte. Er hatte ihn im letzten Urlaub heimlich für Rotraud als Geburtstagsgeschenk gekauft.

Er kramte ihn aus dem Versteck und verglich die beiden Steine. Jeder hatte etwas Besonderes. Der eben gekaufte war eher oval, während der im Urlaub gekaufte eher trapezförmig war. Beiden Steinen war gleich, dass sie goldene Dendriteneinschlüsse hatten, die auf der einen Steinseite wie Inseln im Meer und auf der anderen Steinseite wie Sterne am Nachthimmel aussahen. Er fädelte die zweite Lederschnur in den Anhänger aus dem Urlaub ein. Einer der beiden sollte für Rotraud sein, der andere für Wulfin. Seine Logik ermahnte ihn, den gerade gekauften Rotraud zu schenken, denn der

Steinhändler war ja ein gemeinsamer Bekannter, der sehr wohl irgendwann den Anhänger bei Rotraud zu Gesicht bekommen würde.

Mit den Ergebnissen des heutigen Tages zufrieden, konnte er sich anderen Dingen zuwenden.

YYYYYYYYYYYY

Wulfin saß noch einige Zeit in der Sternengrotte, bevor sie sich auf den Weg zur Hütte der Priesterin machte. Obwohl sie viele Stunden auf die Rückkehr des Morgensterns gewartet hatte, war sie hellwach. Zunächst musste sie noch eine gefühlte Ewigkeit warten, bis ihre Lehrmeisterin endlich das Morgenritual beendet hatte. Dann erzählte sie ihr sofort von ihren Plänen. Gemeinsam machten sie sich auf den Weg, um von Wollin ein einzelnes Haar zu bekommen. Sie fanden ihn auf der Weide, wo er gerade die Schafe hütete. Wulfin hatte zwar absolutes Vertrauen in ihren Wulf, vorsichtshalber ließ sie in dennoch einige hundert Meter von der Herde entfernt warten. Erstaunt begrüßte der Schäfer den ehrwürdigen Besuch.

Die Priesterin wurde von allen hochverehrt, so dass es außerhalb jeglicher Würde gewesen wäre, eine Bitte der Priesterin zu hinterfragen. Wulfin suchte sich sorgfältig ein Haar aus und rupfte es kurz und schmerzlos heraus. Dabei war sie Wollin so nahe bekommen, dass ihr das erste Mal sein ebenmäßiges Gesicht, sein muskulöser Körperbau und die Weichheit seiner Haare auffiel. Sie konnte verstehen, dass Svanja Gefallen an Wollin hatte. Umso wichtiger erschien es ihr, seine Abstammung endgültig zu klären und das Haar gab Hoffnung. Schon am frühen Morgen hatte sie sich Gedanken gemacht, wo der beste Platz wäre, um das Haar um Antworten zu bitten. War es die Sternengrotte oder vielleicht doch der Gebärholunder? Sie hatte sich für letzteres entschieden. Die Priesterin ging wieder Richtung Dorf und Wulfin machte sich sofort auf den Weg zum Gebärholunder, das Haar hatte sie sicher in ihren Lederbeutel gelegt. Die Sonne stieg langsam höher und bald würde sie am höchsten Punkt des Tages stehen. Wulfin hatte sich vorgenommen, ihr Ritual genau im Zenit der Mittagssonne zu machen. Sie setzte sich in den Gebärholunder und wartete auf diesen Moment, das Haar hielt sie in ihrer linken Hand. Sie schloss die Augen und bat die Urmutter um Hilfe. „Mutter Holda, die du uns von Anbeginn des Lebens begleitest, ich bitte dich, zeige mir die Ahngeschichte unseres Schäfers Wollin, mit dem ich nun über sein Haar verbunden bin, zeige mir seine Ahnmütter und seine Ahnväter“, rief sie laut.

Die Sonnenstrahlen drangen durch ihre geschlossenen Augen, formten sich zu einer Spiralenergie und ließen das Haar ihn ihrer Hand eins mit dieser Energie werden, ein Teil von Wulfin wurde leicht und leichter, so dass sie nach oben steigen und die Welt von dort betrachten konnte. Zunächst sah sie wieder das kleine Bündel am Strand, dann wie es von einem Schwan an Land gezogen wurde. Plötzlich war das Meer eine einzige hohe Welle, in einem kleinen Boot saßen ein Mann und eine Frau. Diese Frau hielt das Bündel mit dem Neugeborenen im Arm. Die Wellen schlugen immer höher und verschlangen das Boot mitsamt den beiden Erwachsenen. Nur das Bündel wurde wie durch ein Wunder auf einer Welle bis an den Strand der Otterleute getragen. Wulfin schwebte immer weiter nach Norden und blickte nun im Osten auf eine ferne Insel. Dort gab es ein Dorf, es war eine fremde Sprache, aber selbstverständlich konnte sie die Gedanken verstehen. Im Dorf der Biberleute wurde um das junge Paar Almende und Ronne und ihren Neugeborenen getrauert. Eine schreckliche Flutwelle hatte das Boot der jungen Leute erfasst und auf das weite Meer hinaus getrieben. Ronne war der Sohn des Schäfers Rona und seiner Gefährtin Nora. Um die junge Almende trauerte die Ahngroßmutter Alme, ihre Mutter und ihr Vater waren bereits zu den Ahnen zurückgekehrt. Kaum dass Wulfin sich das Geschehen eingeprägt hatte, wurde sie durch einen mächtigen Sog wieder über das Meer auf die Insel der Otterleute gebracht und landete sicher wieder in ihrem Körper im Gebärholunder. Sie öffnete die Augen und war erstaunt, dass die Sonne schon den

Nachmittagsstand erreicht hatte, deshalb wollte sie sich beeilen.

Auf dem Weg zur Priesterin überfielen sie Zweifel, ob sie denn alles richtig gemacht hätte. Sie hatte sich schon überlegt, eine Gegenprobe mit dem Haar von Swanje zu machen. Dies hätte aber bestimmt den Ahnenmeister der Otterleute beleidigt. Im nächsten Moment schalt sie sich selbst eine Närrin. Wollte sie tatsächlich an ihren eigenen Fähigkeiten zweifeln und die Informationen der Göttin Holda in Frage stellen? „Nein!“, entschied sie sich und ging voller Vertrauen auf direktem Wege zu ihrer Lehrmeisterin der Priesterin Sigrun, um ihr alles zu berichten.

Dann wurde standesgemäß der Ahnenmeister informiert. Von nun an lautete die Ahngeschichte von Wollin: Wollin, Sohn von Ronne und Almende von den Biberleuten auf der Insel des Nordostens, Ahnsohn des Schäfers Rone und Nora und Urahnsohn von Alme der Ahngroßmutter von Almende.

YYYYYYYYYYY

Welche Freude! Endlich ging der Morgenstern kurz vor der Dämmerung auf. Das lange Warten war zu Ende, die Muttergöttin war wieder neu geboren.

Täglich zeichnete sie auf einen speziellen Holunderast die Form des Morgensterns, der ähnlich dem Mond manchmal auch als Sichel zu sehen war. Sie wusste bereits, dass nach sechs oder sieben Monden sich die Göttin verabschieden würde, um dann nach ungefähr drei Monden als Abendstern wieder neu geboren zu werden. Als Schülerin sollte sie beim Aufgehen ganz mit der Energie des Morgen- oder Abendsterns verschmelzen, damit sie für immer das Gefühl der Muttergöttin in sich tragen konnte, verbunden mit dem Wissen des ewigen Kreislaufs von Kommen und Gehen.

Doch sie hatte noch andere Aufgaben. Die jungen Männer im Ort freuten sich bereits auf die Schulungen, damit sie das Ritual der Reifung begehen konnten. In diesem Jahr sollte Wulfin die Schulungen durchführen, die Priesterin des Fortbestandes saß etwas abseits, um zu beobachten und Wulfin nur dann zu helfen, falls sie Hilfe gebraucht hätte. Jeder Junge fieberte förmlich diesem Ereignis entgegen, denn durch das Ritual der Reifung wurde er vom Kind zum Manne. Manchmal kam es dabei auch vor, dass sich ein junger Mann in die Erdfrau oder Priesterin verliebte, selbst wenn sie um viele Jahrzehnte älter war als er. Aufgrund ihrer Stellung und ihrer Heiler-Ausbildung fanden die Erdfrauen in so einem Fall immer eine harmonische Lösung. Doch dieses Jahr war es noch einmal anders. Die blutjunge Wulfin sollte das Ritual durchführen. Svanja, die Tochter des Clanführers spürte schon seit Tagen ein seltsames Gefühl in ihrer Bauchgegend. Ihr Wollin, dem sie schon seit ihrer Kindheit zugeneigt war, sollte das Ritual in diesem Jahr begehen. Schon seit langem freute sie sich auf den Tag, damit sie endlich ein Paar werden können, doch da dachte sie noch, dass die altehrwürdige Priesterin Sigrun ihren Wollin schulen würde.

Seit Wochen beobachtete sie Wulfin und je länger sie es tat, umso hübscher kam ihr Wulfin vor. Was, wenn ihr Wollin sich in Wulfin verlieben würde? Oder tat er es jetzt schon? Mit Argusaugen beobachtete sie ihren Wollin und manchmal hatte sie den Eindruck, dass er einen besonders langen Blick auf Wulfin werfen würde.

Diese eifersüchtigen Gedanken hatten ihren Preis, aus der liebreizenden Svanja wurde eine giftsprühende junge Frau. Wollin war aber so mit seinen Schafen und den Schulungen beschäftigt, dass ihm ihre Veränderung völlig entging.

Er freute sich auf die Zeit, in der er die Wonnen mit Svanja teilen würde. Deshalb war er bei den Schulungen ganz besonders eifrig, er wollte lernen, seine Svanja richtig glücklich zu machen. Die Theorie war beendet, heute sollte er sein Wissen in die Praxis umsetzen. Für Wulfin war es der erste Schüler, der mit ihr und durch sie die Wonnen teilen würde. Sie rief die Energie von Hulda der Göttin der Liebe, um Wollin zu segnen. Er war nun bereit, um voll Ehrerbietung seinen Mann zu stehen. Aus dem

Meer der Berührungen wurde eine Welle der Wonne und entzündete einen Funken der Liebe. Völlig verwirrt blickten die beiden in die Augen der Priesterin Sigrun. Sie hatte sofort erkannt, was passiert war und nahm die beiden liebevoll in ihre Arme.

Sigrun hatte mit dieser Situation gerechnet. Sie war sogar erleichtert, dass es passiert war. So konnte sie Wulfin lehren, wie sie als zukünftige Priesterin so eine Herausforderung meistern konnte. Es war ein seltenes Geschenk der Göttin, wenn sie bei diesem Ritual den Funken der Liebe entfachte.

Zunächst durften die beiden noch ein wenig alleine sein. Sie sollten sich Zeit lassen und dann zur Hütte der Priesterin kommen.

YYYYYYYYYYYY

Die Menschen aus nah und fern feierten Wulfins Einweihung zur Meisterin des Morgen- und Abendsterns. Wulfin war dem Brauch entsprechend bereits in ihre Hütte zurückgekehrt. Im Gedanken ließ sie das letzte Jahr vorüber ziehen, welche Dramen sich abgespielt hatten. Sigrun hatte sie mit all ihrer Erfahrung durch eine emotionale Zeit geführt. Nach dem Ritual waren Wollin und Wulfin von der Priesterin liebevoll empfangen worden. Sie ließ sie wissen, dass sie das Geschenk der Göttin leben durften, aber immer wissen sollten, dass Wulfin eine zukünftige Priesterin war und nach ihrer Einweihung ihren Weg weiter gehen würde. Eine Erdfrau durfte lieben, sogar Kinder haben. Aber da sie völlig andere Aufgaben hatte, war es ausgeschlossen, dass sie gemeinsam mit ihrem Liebsten leben würde. Diese Tatsache wurde von allen Menschen anerkannt. Wulfin war sich dessen bewusst, aber Wollin hatte damals nur noch Augen für sie. Plötzlich erkannte er das Gift in Svanjas Augen und wollte sich von ihr abwenden. Nur durch das meisterliche Geschick der Priesterin Sigrun mit Engelszungen zu reden und einer kleinen Tinktur aus Herzwurz wurde aus den beiden doch noch ein Paar. Zur Sommersonnwende wurden die beiden als Gefährten geweiht. Bei Wulfins Einweihung war bei Svanja schon ein kleiner Bauch zu sehen, als Zeichen, dass sie bereits von der Göttin gesegnet wurde.

Wulfin ließ die Gedanken weiter schweifen, auch sie war gefestigt und zu einer Frau gereift, einer jungen Frau, die ihr zukünftiges Priesteramt sehr weise leben würde.

Plötzlich hatte sie das Bedürfnis, ihren Sternenpriester wieder einmal zu rufen, entschied sich aber dafür, erst zu warten bis sie bei ihrer neuen Lehrmeisterin angekommen war. Das Lehrjahr des Herbstes sollte sie in einem Dorf machen, das ganz weit in Richtung Sonnenuntergang lag. Ihr Lell Arvid lebte dort und war gekommen, um sie dorthin zu bringen. Am nächsten Morgen wollte sie sich von den Otterleuten und dem heiligen Platz verabschieden, um mit ihm in das Land der Rebhuhnleute zu gehen. Arvid war der Bruder ihres Vaters. Er war als junger Mann in die Welt gezogen, um sich in einem weit entfernten Dorf in eine Schöne verlieben zu können, genau so, wie die Sternengeschwister es gelehrt hatten.

YYYYYYYYYYYY

Auf der Reise zu den Rebhuhnleuten mussten sie viele Tage mit dem Boot fahren. Dabei blieben sie möglichst nahe an der Küste, damit sie von Zeit zu Zeit an Land gehen konnten. Arvid war ein geschickter Bootsführer und wusste genau, wo man am besten anlegen konnte, um zu rasten, zu schlafen und zu essen und Wulf, der treue Begleiter Wulfins nutze dankbar die Landgänge, um seinen Bedürfnissen nachzugehen. Als sie endlich die Küste in der Nähe der Rebhuhnleute erreichten, war Wulfin erleichtert, dass sie noch eine Stunde ins Landesinnere gehen mussten. Nach der langen Bootsfahrt waren die ersten Schritte noch etwas wackelig, aber mit jedem Schritt fiel ihr das Auftreten leichter und als sie im Dorf ankamen, war ihr Erscheinungsbild wieder einer zukünftigen Priesterin würdig. Da es schon fast dunkel war, wurden sie ausschließlich von der Lehrmeisterin Ragna empfangen. Den Dorfbewohnern sollte sie erst am nächsten Tag begegnen. Die Lehrmeisterin hatte hellstrahlende Augen, Wulfin spürte sofort ein tiefes Vertrauen. Die Hütte der Erdfrau war in einem Stil gebaut, der für Wulfin völlig neu war. Kaum hatte es sich Wulfin auf ihrem Schlaflager bequem gemacht, fiel sie schon in einen tiefen, erholsamen Schlaf. Sie träumte von ihrem Sternenpriester und sah eine Umgebung, die absolut fremd für sie war. Dann stand sie vor dem Schlaflager ihres Sternenpriesters. Der Traum kam ihr so real vor, als ob sie tatsächlich dort wäre. Ihr Sternenpriester war so gekleidet, wie sie ihn kannte, er schien zu schlafen. Sein Gesichtsausdruck war so friedlich und erinnerte sie an das Gesicht eines Kindes. Sie beugte sich über ihn und streichelte über sein Haar. Eine Woge des Glücks erfasste sie. Dann fuhr sie vorsichtig mit ihrer Hand über das Kissen und war erstaunt, wie zart sich das Material anfühlte und wie weich das Kissen war. Auch die Decke war aus dem gleichen Material. Hatte sie sich heute Nacht auf den Stern des 21. Jahrhunderts geträumt? Sie wollte ihren Sternenpriester schon wecken, um eine Antwort auf ihre Fragen zu bekommen als ihr Blick auf den Boden fiel. Zunächst sah sie ein Fell, dann merkte sie, dass am Boden ein Wulf lag. Der öffnete die Augen und blickte sie mit treuen Augen an. Auch ihr Sternenpriester hatte einen Wulf! Sie dachte immer, sie wäre die einzige, die von einem Wulf begleitet wurde. Da gab es so viele Fragen, die sie gerne an ihren Sternenpriester stellen wollte. Auch das Material des Bodens war irgendwie einer Schafwolle ähnlich, aber doch so ganz anders. Voller Neugierde blickte sie im Raum umher. Plötzlich stand der Wulf auf, um ihre Hand abzuschlecken, er schleckte und schleckte und im nächsten Augenblick fand sich Wulfin auf ihrem Schlaflager in der Hütte der Erdfrau Ragna wieder. Ihr Wulf stand neben ihr und schleckte ihr die Hand.

Völlig verwirrt ging sie nach draußen, es war noch mitten in der Nacht. Die Sterne funkelnden.

>>>>>>>>>>>>>>

Der Wecker klingelte. Waldemar schlug die Augen auf, um enttäuscht festzustellen, dass er diese Nacht in seinem Bett geblieben war. Schade, er hatte sich schon so an die nächtlichen Reisen gewöhnt. Er erinnerte sich, dass er heute Nacht sehr intensiv von Wulfin geträumt hatte. Er meinte sogar, ihre Hand auf seinem Haar gespürt zu haben. Es war ein Traum, oder? In der Nacht wollte er schon die Augen öffnen, jedoch hatte ihm dazu der Mut gefehlt. War sie heute Nacht bei ihm gewesen? Was hatte sie gewollt? Bei dem Gedanken, dass sie ihn besucht haben könnte, schlug sein Herz höher, aber gleichzeitig überfiel ihn eine Traurigkeit gemischt mit einer Art von Verzweiflung. Ihm wurde immer mehr bewusst, dass ihm die Kontrolle über seine Reisen völlig fehlte. Er wollte von Wulfin lernen, das Zeitenwandern selbst zu steuern. Dieser Gedanke beruhigte ihn wieder, so dass er mit seinem geplanten Tagesablauf beginnen konnte.

Das Lehrjahr des Herbstes war für Wulfin sehr abwechslungsreich. Sie lernte die Qualität der Himmelsrichtung des Westens kennen. Alles was für die Ernährung des erwachsenen Menschen wichtig war. Wie wird die Nahrung angebaut, wie wird gejagt, wie werden Körbe geflochten, wie Garn gewebt. Auch wenn sie als Erdfrau und Priesterin für die Heilung zuständig war, musste eine Erdfrau alles wissen, damit sie immer in der Lage war sich auch alleine zu versorgen. Im Dorf war Wulfin sehr beliebt, jeder zeigte ihr voller Stolz seine Fähigkeiten, schließlich wurde jede Einzelne gebraucht, damit das Dorf sich selbst ernähren konnte. Das Jagen wurde ihr von Gera, einer jungen Frau beigebracht. Obwohl das Jagen überwiegend die Aufgabe der Männer war, kam es vor, dass eine Frau förmlich zum Jagen geboren war. Dann wurde dieses Geschenk der Göttin von den Dorfbewohnern gefördert. Schließlich war es wichtig, dass sich jeder seiner Fähigkeit entsprechend ins Dorfleben einbrachte. Wulfin fand in Gera eine neue Freundin.

Gera liebte besonders die Rebhuhnjagd. Vom Rebhuhn wurde von den Federn über die Krallen bis zum Fleisch alles verwertet. Die Kinder liebten es, Rebhuhneier zu sammeln. Die Tage waren für Wulfin so ausgefüllt, dass sie völlig erschöpft in ihr Nachtlager fiel. Deshalb dachte sie auch nur selten an ihren Sternenpriester. Die Erdfrau Ragna war eine sehr aufmerksame Lehrerin mit einer liebevollen Strenge. Schon zu Beginn wollte Wulfin alles über den Herzwurz wissen. Schließlich wusste sie von Hagla, dass die Pflanze, die auf so wunderbare Weise heilen konnte, hier wachsen würde. Ragna wies sie allerdings zunächst zurück. Wulfin musste sich so lange gedulden, bis der richtige Zeitpunkt gekommen war, denn die Pflanze musste genau dann geerntet werden, wenn sie ihre Heilkraft vollständig entwickelt hatte.

Die weißen und lila Blüten wuchsen hier zu Hauf und sammelten fleißig die Heilenergie. Erst nachdem die Blüten verwelkt waren, durfte man die Wurzeln ausgraben, um den Heilsud daraus zu machen. Wie schon Hagla immer wieder betonte, macht die Dosis den Unterschied zwischen Gift und Heilwirkung. Wulfin war eine gelehrige Schülerin und nahm Ragnas tiefes Wissen ernsthaft in sich auf. Das Rezept und welche Bestandteile genommen werden durften, war das Geheimnis der Erdfrauen, in den falschen Händen hätte man den Tod der Kranken riskiert. Je nach Dosis wurde der Herzwurz von der Beruhigung bis hin zur Narkose verwendet.

Bei Entzündungen der Augen, der Atmung, der Knochen, der Gelenke, des Blutflusses, bei Durchfall und Verstopfung, aber eben auch bei Herzeleid und bei Angst wurde der Herzwurz zur Heilung eingesetzt. Nun kannte sie das ganze Geheimnis der Pflanze und freute sich schon, diese Kostbarkeit in ihre Heimat mitzunehmen.

Die Zeit verging wie im Flug. Wulfin musste noch ihre Einweihungsdecke weben, für das Muster fehlte ihr allerdings die passende Idee. So sehr sie sich auch meditativ mit dem Muster verbinden wollte, immer war das Bild ihres Sternenpriesters vor ihr. Sie erinnerte sich an ihren Ausflug in die Heimat von Waldemar, wo sie diese weiche Decke berührt hatte. Deshalb stand ihr Entschluss fest, bei nächster Gelegenheit ihren Sternenpriester zu rufen, denn sie brauchte dringend seinen Rat. Der Steinkreis der Rebhuhnleute war dafür bestens geeignet. Wenn man dreiunddreißig mal entgegen des Uhrzeigersinns ganz schnell um die Ahnsteine lief, öffnete sich ein Zeittor, wollte man das Zeittor wieder schließen, musste man dreiunddreißig mal im Uhrzeigersinn laufen. Über dieses Zeittor wollte sie ihren Sternenpriester zu sich holen.

>>>>>>>>>>>>>

Den ganzen Tag über spürte Waldemar das tiefe Bedürfnis, wieder zu Wulfin in die Steinzeit zu reisen. Inständig hoffte er, dass es diese Nacht wieder so weit war. Der Traum von Wulfin letzte Nacht wühlte ihn derart auf, dass er unbedingt wissen wollte, ob sie ihn tatsächlich besucht hatte. So legte er sich voller Erwartung, gekleidet in seiner Zeitenwandererausstattung, ins Bett. Sein Wunsch wurde erfüllt, mitten in der Nacht vernahm er das Rauschen in den Ohren, spürte den Sog und stand im nächsten Moment mitten in einem Steinkreis. Direkt vor ihm, in ein goldenes Licht getaucht, erblickte er Wulfin.

YYYYYYYYYYYY

Tränen der Dankbarkeit standen Wulfin in den Augen. Der Göttin sei Dank, ihr Sternenpriester stand vor ihr. Sofort begrüßte sie ihn mit Gedanken und einem malerischen Wortgesang. Mit jedem Besuch wurde ihr Waldemar immer vertrauter, so dass sie das Bedürfnis hatte, ihn sofort zu umarmen. Die Gedanken des Sternenpriesters ließen dies zu, so dass sie förmlich in seinen Armen versank.

Die Energie der beiden verschmolz zu einem energetischen Knistern. Noch in dieser Umarmung überfiel sie ihn förmlich mit ihren Bitten. Waldemar fühlte sich geehrt, aber gleichzeitig stark überfordert. Sein ganzes System vibrierte, sein Herz schlug in einem Tempo, dass er sich ernsthaft Gedanken um seinen Blutdruck machte. Immer diese Sorge um den Blutdruck, eine Marotte des 21. Jahrhunderts. Wulfin nahm seine Gedanken sofort wahr. Sie löste sich aus der Umarmung und führte ihn auf einen Ausgleichsplatz. Hier stabilisierte sich sein Körpersystem innerhalb kürzester Zeit. Sie saßen sich gegenüber, hielten sich an beiden Händen fest und blickten sich tief in die Augen. Ja, Wulfin war tatsächlich bei Waldemar zu Besuch und deshalb hatte sie auch die vielen Fragen. Was war das für eine Decke, die so herrlich weich war? Waldemar erklärte ihr, dass diese Decke mit Daunen gefüllt wäre. Wulfin erkannte in dem Bild die zartesten Federn eines Rebhuhns und fragte ihn, ob er solche Federn meine. Er nickte. Dann wollte sie von ihm wissen, ob er ihr bei der Planung ihrer Einweihungsdecke helfen würde. Sofort sprudelten aus ihm förmlich die Ideen. Es machte ihm so viel Freude, mit dem Wissen der Neuzeit in der Steinzeit zu wirken. Die geplante Decke konnte sich sehen lassen. Es sollten zwei Decken mit dem Motiv von drei Sternen gewebt werden. Die beiden Decken zu einer zusammengefügt und mit den zartesten Federn des Rebhuhns gefüllt werden. Voller Freude über den Plan wollte Wulfin nochmals die weiche

Decke auf dem Stern des 21. Jahrhunderts fühlen. Das Zeittor im Steinkreis war noch offen, so dass sie gemeinsam mit ihrem Sternenpriester in seine Heimat reisen konnte. Kaum hatte der Energiesog die beiden verwirbelt, waren sie schon im Schlafzimmer bei Waldemar angekommen.

Der Hund Rulibuu hob nur kurz den Kopf, um die beiden zu begrüßen. Offenbar sah er in Wulfin ein weiteres Familienmitglied.

Diesmal betrachtete Wulfin jedes Detail und fühlte sich komplett in diese wunderbare Decke hinein. Verschmolzen mit dieser Energie machte sie sich auf die Reise über das offene Zeittor zurück in den Steinkreis der Rebhuhnleute, danach schloss sie es sofort wieder. Erst zu spät merkte Waldemar, wie schnell Wulfin wieder zürückkehren musste. Er hatte doch glatt vergessen, sie darum zu bitten, ihm das Zeitenwandern zu lernen. So musste er weiterhin damit leben, ausschließlich von ihr gerufen zu werden.

YYYYYYYYYYYY

Voller Tatendrang hatte Wulfin ihre Einweihungsdecke angefertigt, das Ergebnis übertraf ihre kühnsten Vorstellungen. Am Tag der Einweihung erstaunte sie die Festbesucher wieder einmal, denn so eine Art von Decke war etwas völlig Neues. Sie hatte sogar die Zeit gefunden, um für ihre Freundin Gera eine eigene, mit Rebhuhndaunen gefüllte, Decke zu machen. Dies sollte auch der Dank und die Wertschätzung dafür sein, weil sie ihr so viele feine Federn gebracht hatte.

Nach den Festlichkeiten galt es Abschied zu nehmen. Als zukünftige Priesterin hatte sie längst gelernt, dass Menschen nur solange gemeinsam gehen, wie es ihre Lebensaufgabe vorsieht. Für Gera war dieser Abschied allerdings sehr schwer, sie würde aller Wahrscheinlichkeit nach ihr ganzes Leben bei den Rebhuhnleuten verbringen. Die Freundschaft zu Wulfin hatte sie dennoch so weit reifen lassen, dass sie sich vorstellen konnte, dem Werben eines der neu ins Dorf gekommenen jungen Männer nachzugeben.

Wulfin wurde am nächsten Morgen wieder von ihrem Lell Arvid begleitet. Es erfüllte ihn mit Freude, dass er nach so vielen Jahren die Gelegenheit hatte, in das Dorf seiner Geburt und zu seinem Bruder zurückzukehren. Wulfin hatte außer den Kostbarkeiten von den Otterleuten nun zusätzlich so viele spezielle Waren und Geschenke von den Rebhuhnleuten dabei, wie das Boot gerade noch tragen konnte. Einen Teil der Bootsfahrt kannte sie schon, dann ging es mit Zwischenstopps auf kleinen Inseln endlich auf ihre Heimatinsel zurück. Einige Boote fuhren ihnen zur Begrüßung entgegen. Seit Wulfin das Dorf verlassen hatte, waren schon zwei

Jahreskreise vergangen. Nun freuten sich alle auf ihre sichere Rückkehr. Ihr Vater Gunnar kam ihr auf einem der Boote entgegen. Das andere Boot wurde von Ore, dem Gefährten ihrer Ziehmutter Rana gesteuert.

Nach der langen Reise sollte sich Wulfin erst einmal ausruhen. Das große Empfangsfest wurde innerhalb eines Tages organisiert.

YYYYYYYYYYYY

Schnell hatte sich Wulfin wieder bei den Amselleuten in der Höhle bei Hagla eingewöhnt. Ihr wurde wiederum bewusst, dass man seine Ursprungswurzeln immer in sich trägt, egal wie lange man auch weg war. Sie liebte den Ort bei den sieben Steinen, ging zu ihrem Lieblingsplatz, um im Spiegelbild des Wassers ihre Mutter zu sehen. Alles war so vertraut. Sie liebte das Reisen, die Gebräuche der anderen Dörfer und Inseln zu erkunden, aber am Ort ihrer Herkunft hatte sie das Gefühl von Sicherheit. Nun war sie im letzten Lehrjahr ihrer siebenjährigen Ausbildung. Das Lehrjahr des Winters, des Nordens, der Verbindung zu den Ahnen. Dieses Lehrjahr stellte den Höhepunkt in der Ausbildung jeder Erdfrau dar. Wurden doch die medialen Fähigkeiten in die Meisterschaft geführt. Einmal im Jahr wurde das Fest der Ahnen gefeiert, dabei musste die Erdfrau gemäß dem Wissen der Sternengeschwister die Geister derjenigen Ahnen befreien, die bereit waren in den Kreislauf der Wiederkehr einzutauchen. Manch einer Schülerin graute vor dem Gedanken, für dieses Ritual tief in die Höhlen in den Steinkreis der Ahnen zu gehen, um die Gebeine der ausgewählten Ahnen von ihrem Geist zu befreien. Wulfin, die schon als Kind das Außergewöhnliche tat, sah in diesem Ritual die höchste Form um ihren Ahnen im Sinne der Sternengeschwister zu dienen. Mit einer Sicherheit robbte sie durch die engen Gänge, um das Ritual durchzuführen. Der Geist ihrer Mutter hatte den Wunsch, so lange bleiben zu dürfen, bis Wulfin gereift war. Jetzt war der Zeitpunkt gekommen. Der Geist ihrer Mutter war bereit für die Wiederkehr. Wulfin durfte das Ritual auch bei ihr durchführen. Als Priesterin kurz vor der Einweihung musste sie auch dieses frei von Emotionen tun können. Dennoch lief ihr eine kleine Träne der Rührung aus dem linken Auge. Hagla war voll zufrieden mit ihrer großartigen Schülerin. Am Tag der Einweihung wurde sie zur Meisterin des Nordens. Es blieben ihr nur noch ein paar Monde, dann sollte ihre Einweihung zur Priesterin des Alleinen zelebriert werden. Sie hoffte inständig, dass ihr Sternenpriester für alles bereit war. In ihren Meditationsflügen hatte sie das Ritual immer wieder vor Augen. Nun wollte sie diese Vision mit ihrem Sternenpriester teilen. Sie ging auf ihren heiligen Platz, formte ihr Bild, sang die rituellen Worte und holte ihren Sternenpriester zu sich. Als sie die Augen öffnete, stand er bereits direkt vor ihr. Voller Dankbarkeit ging sie einen winzigen Schritt auf ihn zu, gab ihm beide Hände und sah ihm direkt in die Augen. Dabei schickte sie ihm die Bilder ihrer Vision und fragte ihn, ob er seinen Teil dazu beitragen würde. Waldemar versank in ein Gefühl der Glückseligkeit, so dass er nur nicken konnte. Nun verstand er auch, weshalb er die goldene Körperfarbe gekauft hatte. Sie umarmten sich und verschmolzen zu einer Einheit. Aus dieser Einheit heraus löste er sich in Lichtfunken auf und fand sich wenig später zu Hause in seinem Bett. Völlig erschöpft schlief er sofort ein und erwachte am nächsten Morgen aus einem tiefen, erholsamen Schlaf.

YYYYYYYYYYYY

Wie lange es wohl noch dauern wird, bis Wulfin ihren großen Tag feiert?

Mit dieser Frage legte sich Waldemar ins Bett. Die goldene Körperfarbe war heute Mittag angekommen, so war er bestens gerüstet für den Tag X. Seltsam aufgeregt war er schon den ganzen Tag, sein mittlerweile hochsensibler Körper pulsierte so stark, dass das Einschlafen extrem schwer fiel. Stundenlang drehte er sich von einer

Seite auf die andere. Plötzlich spürte er diesen Sog. Es war das erste Mal, dass er ihn im vollen Wachzustand erfasste. Er wirbelte durch die Zeiten, dann stand er direkt vor Wulfin. Mit einem Lächeln erwartete sie ihn. Die Körperfarbe hatte die Reise durch die Zeit gut überstanden und den Anhänger fühlte er ganz deutlich in seiner Hosentasche. Wulfin nahm in an die Hand und führte ihn mit einer Geste der Ehrerbietung in die Höhle der Erdfrauen. Zwei prächtige Festtagsgewänder warteten auf ihren Einsatz.

Heute sollte also der alles entscheidende Tag sein. Sanft zog er Wulfin Stück für Stück die Kleidung aus, bis sie nackt, wie am ersten Tag ihrer Begegnung, vor ihm stand. Dann rieb er sie zärtlich von Kopf bis Fuß mit der Körperfarbe ein. Nun stand sie als goldglänzendes Wesen vor ihm. Dann befreite Wulfin ihn von seinem Gewand, um Waldemar mit der goldenen Farbe zu ihrem goldstahlenden Sternenpriester zu verwandeln. Jede Berührung verband die beiden immer mehr zu einer gottgewollten Einheit. Dann streiften sie sich die Festtagsgewänder über. Waldemar legte Wulfin den Andenopal um den Hals und erklärte ihr, dass dieser Stein ein Geschenk der Sternengeschwister sei, das Auge der Götter, damit sich die Menschen in Harmonie immer an sie erinnern mögen.

Wulfin dankte ihm überschwänglich für sein Geschenk und die Hilfe, die er ihr in all den Jahren gegeben hatte. Heute war der Tag, an dem sie durch seine Hilfe zur Priesterin des Alleinen werden würde und sie versprach ihm, dass sie danach wieder alleine ihre Aufgabe meistern würde. Es war für sie selbstverständlich, dass sie nur dann einen Sternenpriester rufen dürfe, wenn alle anderen Wege ausgeschlossen waren. Waldemar fühlte fast etwas Wehmut über diese verbindlichen Worte, wurde aber schnell abgelenkt, denn die Erdfrau Hagla stand vor ihnen, um die beiden abzuholen. Gemeinsam schritten sie auf den Ritualplatz der Amselleute. Es waren sehr viele Menschen von nah und fern gekommen. Ganz vorne standen alle Erdfrauen und die Priesterinnen, die Wulfin in ihrer siebenjährigen Ausbildungszeit begleitet hatten. Die Erdfrau Hagla, Meisterin des Fortbestands sprach das Begrüßungsritual, rief die Geister der Himmelsrichtungen, den Geist von Ahnvater Sonne, den Geist von Ahnschwester Mond und den Geist der Muttergöttin Morgen- und Abendstern. Sie sangen die traditionellen Lieder im Takt der Trommeln. Dann war Stille. Alle Augen waren auf Wulfin und den Sternenpriester gerichtet. Wulfin hob die Arme gen Himmel und sprach: „Ich danke allen Elementen, ich danke allen Ahnmüttern und Ahnvätern für mein Leben. Ich danke der ehrwürdigen Erdfrau Hagla, Meisterin des Fortbestands, ich danke der ehrwürdigen Erdfrau Ragna, Meisterin des Nährens, ich danke der ehrwürdigen Erdfrau Vanesah, Priesterin der Sonne, ich danke der ehrwürdigen Erdfrau Sigrun, Priesterin des Fortbestands für ihre Liebe und ihre

Weisheit, die mich reifen haben lassen, um von heute an die erste Priesterin des Alleinen zu sein. Ich danke unserer Göttin Hulda, die mir das Wissen um meine Aufgabe geschenkt hat. Und ich danke unseren Sternengeschwistern, die mir den Sternenpriester vom Stern des 21. Jahrhunderts geschickt haben, um gemeinsam diese Einweihung zu zelebrieren." Gebannt lauschten die Menschen den Worten Wulfins. Als Wulfin und ihr Sternenpriester ihr Gewand fallen ließen, war nur noch ein erstauntes „Oooh" zu hören. Die goldene Körperfarbe glänzte in der Sonne, so dass die Augen fast geblendet waren. Der Andenopal um Wulfins Hals passte perfekt in das Strahlen des Goldes. Dann nahm Wulfin ihren Sternenpriester an die Hand, um gemeinsam auf einen großen länglichen Felsblock zu klettern. Dieser war Teil des Ritualplatzes. Der Felsen war oben mit einer dicken weichen Moosschicht bedeckt. Der Sternenpriester legte sich auf den Rücken, damit Wulfin fast schwebend über ihn knien konnte. Mit wellenartigen Bewegungen fanden ihre Körper zusammen, um sich zu vereinen. Waldemar lag völlig ruhig auf dem Moos und verschmolz mit Wulfins Energie.

Sie wurden eins, getragen von der Sinfonie im Takt der Priesterin. Wulfin spürte die Verbindung von Himmel und Erde, manchmal hatte sie das Gefühl als würde sie, eines Mannes gleich, im Körper des Sternenpriesters sein, dann wieder fühlte sie ihre Weiblichkeit durch die Kraft des Sternenpriesters in ihrem Schoß. Es war, als ob Gott und Göttin in ihr und durch sie wirkten. Eine goldene Aura, geformt aus glitzernden Atomen umhüllte die beiden Körper, umgeben von einer lieblichen Melodie aus hellem Glockenklang. Aus dem Gold formte sich ein Körper aus funkelndem Licht, der in die Sphären des Himmels getragen wurde. Der Sternenpriester hatte sich darin aufgelöst und war in die Weite des Himmels getragen worden. Die Menschen waren tief ergriffen und fielen voller Ehrfurcht auf den Boden. Erst ein paar Stunden später erwachten sie wie aus einem tiefen Schlaf, die Energie des „All-eins-Seins" blieb als Erinnerung in jeder ihrer Zellen.

Wulfin war längst in ihre Höhle zurückgekehrt. Sie hatte nun selbst erlebt, wie sich die Energie des „All-eins-Seins" anfühlt, dass wir jederzeit zu Gott und Göttin werden können. Als Priesterin des Alleinen wollte sie dieses Wissen von nun an in ihren Schulungen weitergeben. Sie hoffte aus tiefstem Herzen, dass dieses Wissen durch alle Zeiten erhalten bliebe.

Mit einem Plumps landete Waldemar in seinem Bett. Alles vibrierte in ihm. Diese Art von Vereinigung war für ihn etwas völlig Neues. Ein Erlebnis, das ihm das Gefühl eines „Erfüllt-Seins“ gab. Erst jetzt merkte er, dass er splitternackt in seinem Bett lag. Alle Kleidungsstücke, die er in den letzten Tagen bei seinem Zeitenwandern getragen hatte, waren in der Vergangenheit geblieben. Nur seine goldglänzende Haut war der Beweis für seine Erlebnisse. Der Morgen graute bereits, so beschloss er, alle Farbe von seinem Körper zu duschen und danach mit Rulibuu einen ausgiebigen Morgenspaziergang zu machen. Schritt für Schritt wollte er in sein Jetzt-Zeit-Leben zurückkehren.

In der Gegenwart

Obwohl Waldemar sich sicher war, dass es Teil seiner Lebensaufgabe war mit Wulfin dieses Einweihungsritual gemacht zu haben, hatte er Rotraud gegenüber doch ein schlechtes Gewissen. Als er ihr zu Beginn davon erzählen wollte, musste sie zu ihrem Vater reisen und als sie wieder zurückgekehrt war, hatten sich die Dinge schon zu weit entwickelt, deshalb behielt er die Vorkommnisse lieber für sich.

Rotraud war die Liebe seines Lebens und diese Liebe wollte er hegen und pflegen.

Wulfin war ein Wesen in einer anderen Zeitdimension, aber sein echtes Leben spielte sich hier in der Gegenwart an der Seite von Rotraud ab.

Deshalb schlug er ihr vor, gemeinsam für eine Woche an die Ostsee zu fahren.

Die Zeit bei ihrem Vater war für Rotraud zwar selbstverständlich, aber dennoch sehr anstrengend gewesen. Er wiederum hatte nach all seinen Erlebnissen eine gemeinsame Auszeit mit ihr auch dringend nötig. Beim Einweihungsritual hatte sich Wulfin bei ihm überschwänglich abschließend bedankt und so war er sich ziemlich sicher, dass er für einige Zeit seine Ruhe hatte.

Als er Rotraud die Idee von der Ostseereise unterbreitete, war sie zunächst höchst erstaunt. „Du willst doch immer nur in den Süden fahren. Du sagst doch immer, dass du lieber siebenhundert Kilometer nach Süden fahren würdest in die Sonne bei garantiert sommerlichen Temperaturen und italienischem Flair, als siebenhundert Kilometer nach Norden mit der Möglichkeit im August bei Regen und 14 Grad zu frieren?“ Erst als er ihr versicherte, dass er im Sommer selbstverständlich wieder in den Süden fahren wolle, ihm das Wetter aber jetzt im Frühling egal wäre und er ihr einfach ihren lang gehegten Wunsch, an die Ostsee zu fahren, erfüllen wolle, war sie zufrieden und machte sich fleißig ans Planen. Denn für das Planen von Urlaubsreisen war Rotraud einfach geschaffen. So überließ Waldemar seiner Rotraud alle Detailplanungen und freute sich auf die gemeinsame Woche an der Ostsee. Der Hund Rulibuu sollte natürlich dabei sein.

Rotraud hatte eine Ferienwohnung auf Usedom gebucht. Da sie es liebte, jeden Morgen eine frisch ausgepresste Zitrone zu trinken, war sie auf die Zitronenwohnung in der Dünenmeisterei in Koserow gestoßen. Dort waren Hunde erlaubt und die Nähe zum Strand und den historischen Salzhütten für sie die perfekte Lage.

Sie hatte schon genau geplant, was sie sich alles an der Ostseeküste anschauen wollte und für Waldemar sollte jeder Ort eine Überraschung werden, schließlich hatte er ihr freie Hand bei der Planung gelassen. Die Dünenmeisterei stellte sich als idyllisch restauriertes historisches Gebäude heraus, in der einige Ferienwohnungen Platz gefunden hatten. Die Wohnung strahlte eine perfekte Harmonie aus und da die Bäume noch kahle Äste hatten, war der Blick durch das Fenster zur Ostsee frei.

Nach der langen Autofahrt machten sie als Erstes einen Strandspaziergang.

Die späte Nachmittagssonne gab ihr Bestes und zauberte eine Strandatmosphäre, die als perfekter Willkommensgruß die Herzen von Waldemar und Rotraud höher schlagen ließ. Sie schlenderten Hand in Hand und ihr Hund flitzte begeistert am Strand auf und ab. Auf dem Rückweg nahmen sie geräucherten Fisch von einer der Salzhütten mit, um ihn in der Ferienwohnung genüsslich zu verspeisen.

Am nächsten Morgen wollten sie zeitig aufstehen, um den Sonnenaufgang zu genießen. Pünktlich um 5:45 Uhr waren sie am Strand, um in der Morgendämmerung auf die Sonne zu warten. Und plötzlich war sie da. Über dem Meer kam sie Millimeter für Millimeter hoch, zunächst als blassroter riesiger Ball, der nach einigen Minuten zur strahlenden Sonne wurde. Die Möwen zogen mit ihrem Lied am Himmel vorbei und die leuchtende Sonne reflektierte ihr Licht in den Wellen des Meeres. Die Wolken hatten die Form eines großen Vogels, vielleicht auch die eines Engels und die Stimmung, Teil der einzigartigen Schöpfung zu sein, erfasste Mensch und Tier.

Rotraud wollte den Sonnenaufgangsspaziergang dazu nutzen, aufmerksam den Strand nach Bernstein abzusuchen. Schließlich waren sie in einem der Bernsteinbäder und es wurde sogar im Internet damit geworben, dass man mit viel Glück selbst Bernsteine finden könne. Aber nach einer halben Stunde gab sie es auf. Vom intensiven Schauen waren ihre Augen schon angestrengt und jedes Mal, wenn sie sich nach einem glitzernden Etwas gebückt hatte, war es immer wieder eine dieser kleinen, wunderschön glitzernden Muschelchen gewesen.

Was solls, bei diesem traumhaften Sonnenaufgang war es einen Versuch allemal wert.

Nach dem Frühstück machten sie sich auf den Weg, um die nähere Umgebung zu Fuß zu erkunden. Zunächst ging es am Strand entlang, um dann durch den Wald mit den mächtigen Bäumen immer höher auf den höchsten Punkt der Insel zu gelangen. Zwischendurch hatten sie wieder den freien Blick, die Steilküste hinunter auf das Meer. Rotraud war von der Schönheit hellauf begeistert. Auf dem höchsten Punkt des Streckelsberges waren einige Schautafeln angebracht, die auf die Geschichte Koserows und die der Bernsteinhexe hinwiesen. Sofort erzählte Rotraud ihrem Waldemar, dass sie schon länger hier her wollte, da sie vor Jahren das Buch von Wilhelm Meinhold gelesen hatte und sich nun auf die Spuren dieser Maria machen wollte. Waldemar war sehr interessiert, vermied aber sich anmerken zu lassen, dass ihm die Geschichte und die Gegend doch etwas bekannt vorkamen. Danach wollten sie durch den Wald Richtung der Feldsteinkirche von Koserow laufen. Immer wieder hatte er dieses Déjà-vu, was in ihm ein Wechselbad der Gefühle bereitete. Rotraud war viel zu sehr mit dem eigenen Entdecken beschäftigt, als dass ihr an Waldemar etwas auffiel. Schnurstraks liefen sie Richtung Kirche. Dort angekommen wollte Rotraud nun auch noch das Haus sehen, in dem die Bernsteinhexe mit ihrem Vater gelebt hatte. Aber wie sollten sie es finden? Da kam ihnen eine Frau auf dem Fahrrad entgegen, die leider die Ladung verlor, die sie auf ihrem Gepäckständer transportiert hatte. Rotraud sprang ihr gleich zu Hilfe. Dabei stellte sich heraus, dass diese Frau die Witwe eines Einheimischen war, in dessen Familie man sich sehr gut mit der Geschichte des Ortes auskannte. So war es ein Leichtes, das Wohnhaus von Maria, der Bernsteinhexe, zu finden. Rotraud war im siebten Himmel und Waldemar? Er erkannte die Kirche, die zwar mittlerweile vergrößert worden war, aber deren alte Umrisse eindeutig von dem Anbau zu unterscheiden waren. Genau hier hatte er in seiner Zeitreise die Lebensmittel abgelegt und war in diese gerade noch gut ausgegangene Geschichte verstrickt worden. Obwohl es ihm heiß und kalt wurde, war er auch erleichtert, denn nun hatte er hier mit Rotraud ein gemeinsames Erlebnis und auf dieses würde er in ihrem weiteren Leben immer Bezug nehmen können.

Vor dem Grundstück der Dünenmeisterei lag ein großer Felsbrocken, auf dem „Vineta-Stein" und genaue Koordinaten eingemeißelt waren. Dies nahm Rotraud zum Anlass, um ihrem Waldemar freudestrahlend zu berichten, was sie bei der Recherche zu Koserow herausgefunden hatte, nämlich dass vor der Küste im Meer das sagenumwobene Vineta, das Atlantis der Ostsee, liegen würde. Dies solle eine goldene Stadt mit übermäßigem Reichtum gewesen sein, aber weil die Bewohner der Stadt wohl immer gieriger gewesen wären, sei die Stadt zur Strafe durch eine riesige Sturmflut ins Meer gezogen worden und dabei untergegangen. Der Sage nach wäre aber alle einhundert Jahre ein Sonntagskind am Ostersonntag in der Lage, die Stadt zu befreien. Leider wartet Vineta bis zum heutigen Tag auf diese Befreiung.

Naja, eine Sage eben.

Für den nächsten Tag hatte Rotraud einen Tagesausflug nach Rügen eingeplant. Der Weg führte durch idyllische alleegesäumte kleine Straßen, über die Brücke bei Stralsund nach Rügen. Praktisch war es schon, mit dem Auto über eine Brücke zu fahren, um auf einer Insel anzukommen. Rotraud hatte geplant, auf Rügen Richtung Kap Arkona zu fahren und das Navigationsgerät führte sie auf direktem Weg dorthin. Hier gab es noch die wunderschönen Alleestraßen und kleine, liebevoll gepflegte Ortschaften. Bei Waldemar und Rotraud zu Hause hatte man die Alleestraßen in den 70er Jahren wegen der vielen Verkehrstoten alle beseitigt, und so war es für die beiden ein tolles Erlebnis auf einem Teil der deutschen Alleestraße zu fahren. Schon kam die Wittower Fähre in Sicht und die Überfahrt wurde zu einem weiteren kleinen Highlight des Tages. Sie genossen den Frühlingstag, die Sonne zeigte sich von ihrer besten Seite. Als erstes wollten sie zum Großsteingrab Nobbin fahren. Das Navigationsgerät tat zwar so, als wüsste es den Weg, aber um tatsächlich dort hinzukommen, war dann doch etwas pfadfinderischer Entdeckergeist gefordert.

Direkt an der Steilküste, in malerischer Lage, war die Megalithanlage vor ungefähr fünftausend Jahren errichtet worden. Schon von weitem konnte man den Steinkreis und einen großen Holunderbaum erkennen. Rotraud war sofort entzückt und erklärte ihrem Waldemar, was sie alles über den Platz gelesen hatte und was sie generell über Holunderbüsche wusste. Der Hund Rulibuu schien sich ebenfalls zu begeistern, denn er machte sich auf den Weg, um fleißig zwischen den Steinen herum zu schnüffeln. „Hoffentlich lässt er die Gebeine im Boden liegen, wäre blöd, wenn er plötzlich buddeln würde“, dachte sich Waldemar noch ganz schelmisch, als er von Rotraud einen Freudenschrei vernahm. Etwas seitlich, direkt an der Steilküste hatte sie einen riesigen, uralten Holunderbaum entdeckt, der in seiner Form an eine gebärende Frau erinnerte. „Waldemar schau nur“, tönte sie,

„normalerweise gibt es Holunderbüsche, aber dies ist ein uralter Holunderbaum. Der Holunder steht sinnbildlich für die Frau Holle, und sie ist die alte Göttin für Geburt und Tod, also ist hier zwar ein Megalithgrab, an dieser Stelle müssten aber auch Rituale für die Geburt durchgeführt worden sein!" Wieder einmal bewunderte Waldemar seine Ehefrau, wie sie sofort einen Zugang zu diesem Platz fand und dabei ihr Allgemeinwissen mit einbrachte.

Im Hintergrund ertönte ein Kinderweinen und als die beiden wieder zum Steinkreis gingen, trafen sie auf eine Familie mit zwei kleinen Kindern, die auf ihrer Fahrradtour vor dem Steinkreis Halt gemacht hatten. Der Vater wollte sich bei ihnen für das Weinen seines kleinen Sohnes entschuldigen, aber Rotraud beruhigte ihn und erzählte der Familie, wie perfekt die Situation passen würde, hier bei der Frau Holle sind kleine Kinder genau am richtigen Platz. Nun verriet der Vater den beiden, dass seine Frau noch einen kleinen Sohn unter ihrem Herzen tragen würde, und Rotraud meinte, dass dies bestimmt ein sehr gutes Omen sei. Die Familie verabschiedete sich mit einem „bis später" und radelte weiter.

Waldemar und Rotraud wollten noch etwas an diesem Platz verweilen. Natürlich hatte sich Waldemar an diesen Platz erinnert. Die Steine waren zwar im Laufe der Jahrtausende etwas niedriger geworden, und die Eingänge durch die Erhöhung der Bodenschichten versteckt, aber er erkannte die Lage und was Rotraud von dieser Göttin Frau Holle erzählt hatte, passte perfekt zu seinen Erlebnissen an diesem Ort. Wollte es ihm das Schicksal so leicht machen? Seine Bedenken, er würde sich einmal verplappern schwanden von Ort zu Ort, denn er würde sich jetzt auf den Aufenthalt mit Rotraud beziehen können. Als nächstes fuhren sie nach Vitt, einem kleinen Ort direkt an der Küste von Kap Arkona.

Als sie durch den malerischen Ort mit den reetgedeckten Häusern schlendernden, hatten sie das Gefühl, als ob die Zeit stehen geblieben wäre. Die Häuser waren bewohnt und die Menschen arbeiteten, aber man hatte tatsächlich den Eindruck, als wäre man in eine Zeit vor zweihundert Jahren gekommen. Am Ortseingang begegneten sie einem Mann und einer Frau, die die Einzäunung einer Schafkoppel ausbesserten.

Alles war so harmonisch und auf die Frage, wie die interessant aussehenden Schafe heißen würden, erfuhren sie, dass es sich um walisische Schwarznasenschafe handeln würde. Dann kamen sie an einem Hühnerauslauf vorbei und auch da sahen sie außergewöhnliche Tiere. Die Gockel hatten gar einen blonden Schopf, der an Menschenhaare erinnerte. Das Dorf hatte an jedem Winkel eine Besonderheit zu bieten.

Am Strand angekommen, bot sich ihnen ein direkter Blick zum Felsen vom Kap Arkona. Und wer begrüßte sie mit einem freudigen „Hallo“? Natürlich die Familie vom Steinkreis. Waldemar dachte kopfschüttelnd, dass der Spruch „Man trifft sich im Leben immer zweimal“ schon so seine Richtigkeit hatte. Denn auch die Lage dieses Ortes war ihm mehr als vertraut. Rotraud war schon an den Strand gelaufen, der aus vielen Steinen in unterschiedlichen Formen und Farben bestand. Sie wollte unbedingt einen Hühnergott finden, einen Feuerstein mit einem durchgängigen Loch. Das Plätschern des Meeres, die bunten Steine in allen Facetten und der Blick zum Kreidefelsen entführten ihn gedanklich in eine steinzeitliche Welt. Hier hatte er mit Wulfin den Sternenhimmel betrachtet, geschützt in der Sternengrotte, hinter sich die Steilküste, als er ein stupsen vernahm. Sein Hund Rulibuu hatte ihn wieder in die Jetztzeit geholt und stupste ihn fleißig ans Bein, er stand vor der Wurzel eines mächtigen Baumes. Was für ein Anblick! Direkt in den Wurzeln konnte man eine riesige Steinader in den unterschiedlichsten Farben entdecken und einen halben Meter daneben, fest mit dem Untergrund verbunden, einen grünen Stein in der Form eines Herzens. Waren hier die Reste der Sternengrotte? Ihn schauderte etwas und er rief seine Liebste, um ihr seinen Fund zu zeigen. Fasziniert von der Schönheit der vielen Steine verging die Zeit wie im Flug. Plötzlich schwamm ein Schwan auf sie zu, setzte sich auf einen im Meer vorgelagerten Stein, streckte und reckte sich und man hatte fast den Eindruck, als wolle der Schwan unseren beiden Touristen imponieren.

Erfüllt von all den Eindrücken machten sie sich auf den Rückweg zum Auto. Dann fuhren sie auf die Anhöhe zur Kapelle von Vitt, einer orangefarbenen, achteckigen Kirche. Ein riesiges Plakat vor der Kirche wies darauf hin, dass die Anwohner ihre Kapelle wieder im ursprünglichen Weiß haben wollten. Wer war auch nur auf die Idee gekommen, das zum Kreidefelsen passende weiß in ein orange umzustreichen?

Dann machten sie sich auf den Weg zurück zur Unterkunft auf Usedom.

Am nächsten Tag wollten sie zu einem Megalithgrab bei Lütow fahren, da aber die Vermieterin gleich am ersten Tag erzählte, dass sie sich unbedingt in Neu-Pudagla bei der alten Försterei eine Ausstellung mit einem Steinkreis aus lauter Findlingen aus der Gegend mit Hinweisschildern anschauen sollten und dann wäre da noch die außergewöhnliche Konditorei in Stolpe, deren Gebäck sie unbedingt genießen sollten, stellten sie die Route etwas um. Rotraud hatte beim Ortsnamen Pudagla leuchtende Augen bekommen, schließlich gab es da das Schloss, in dem die Bernsteinhexe gefangen gehalten wurde. Also fuhren sie zuerst zur Findlingsausstellung. Eingebettet in einem Wald mit uralten, moosbedeckten Baumriesen, fanden sie den Lehrpfad mit den eindrucksvollen Findlingen.

Besonders interessant waren die Hinweisschilder, denn so hatte man auch einen Bezug zu den Steinen.

Dann fuhren sie zum Schloss Pudagla. Die Ausstellung hatte an diesem Tag geschlossen, aber das Schloss und seine Umgebung waren auch von außen sehenswert.

Danach stand der Kuchen mit Cappuccino auf dem Programm. Welche Überraschung, auch in dem kleinen Ort Stolpe stand ein riesiges Schloss, der Dorfweiher war idyllisch und das Kopfsteinpflaster der Straßen bestand aus diesen großen bunten Steinen, die man hier überall fand. Weiter ging es auf für Autos schmalen Wegen durch die Landschaft.

Am Nachmittag kamen sie in Lütow an. Die Ortschaft am Achterwasser war schnell zu finden. Nach einigem Suchen fanden sie ein kleines Hinweisschild zum Megalithgrab. Der Fußweg führte sie auf einem Wiesenweg direkt in den Wald. Der Hund Rulibuu schien den Weg schon zu kennen, denn er ging schnurstracks zur Anlage und wedelte wie frisch zu Hause angekommen fleißig mit seinem Schwanz. Man konnte den Steinkreis noch gut erkennen. Am Eingang wurde man durch ein Schild auf Wildbienen aufmerksam gemacht und aufgefordert, Rücksicht auf sie zu nehmen. In der Mitte des Kreises stand eine riesige Eiche, die Wurzeln sahen fast wie die Finger von zwei Händen aus. Um die Eiche herum lagen Steine, man hatte den Eindruck, als ob die Eiche durch die Steine hindurch gewachsen wäre. So konnte man sich auf einen Stein setzen und gleichzeitig an der Eiche angelehnt mit ihr verschmelzen.

Der Hund Rulibuu hatte eine Feder gefunden, voller Stolz trug er sie im Maul und nahm vor der Eiche Platz. Rotraud hatte sich sofort in die Eiche gesetzt.

Dort schien sie eins mit der Umgebung zu werden. Als sie die Augen wieder öffnete, sagte sie laut zu Waldemar. „Waldemar, ich fühle mich hier so zu Hause, ich glaube, ich habe in einem anderen Leben hier schon einmal gelebt.“ Waldemar sah in das Gesicht von Rotraud, dann verschwamm das Bild und er sah in das Gesicht von Wulfin, dann war es wieder das Gesicht von Rotraud. Plötzlich hatte er das Gefühl, als würde der Boden unter seinen Füßen weggezogen werden und ein Gedanke schoss ihm durch den Kopf: „Bin ich hier in meinem echten Leben, oder bin ich auch hier nur ein Zeitenwanderer?“

Epilog

Noch Jahre später waren die Ereignisse so präsent, als wäre es erst gestern gewesen. Es waren nur zwei Wochen in seinem Leben, aber diese Erfahrung prägte sein Leben nachhaltig. Natürlich hatte er sich von Zeit zu Zeit gewünscht, dass er wieder auf eine Reise zwischen den Zeiten gehen könnte, aber es blieb ein vergebliches Hoffen. Jeden Morgen blickte er als erstes auf seine Füße, aber sie waren immer so sauber wie am Abend zuvor. Trotzdem duschte er die Füße und Beine vorsorglich mit kalten und warmen Wasser ab, um sicher zu gehen, dass er tatsächlich voll in der Jetztzeit war. Dieses morgendliche Ritual erstaunte Rotraud zwar jeden Tag aufs Neue, aber jeder durfte schließlich einen Spleen haben. Noch während ihres ersten Ostseeurlaubs war Rotraud schwanger geworden. Es wurde für die kleine Familie ein jährliches Ritual, zwischen Ostern und Pfingsten für eine Woche an die Ostsee zu reisen. Waldemar hatte zuerst den Wunsch, für seine Tochter den Namen Wulfin vorzuschlagen. Er verwarf den Gedanken aber gleich wieder, denn die Erinnerung war damals noch viel zu stark. Stattdessen schlug er Petra – in Anlehnung an die Bedeutung „Der Fels“ – vor oder zumindest eine Maria sollte es werden. Rotraud hatte allerdings andere Vorstellungen und bei dem Namen Vanessa als „Die Leuchtende, die Erscheinende“ waren beide Feuer und Flamme. Deshalb ließ es Waldemar bleiben, den Namen Wulfin jemals zu erwähnen.

Die Jahre zogen ins Land und aus der kleinen Vanessa wurde eine erwachsene Frau. Irgendwann hatte sie die Idee in einer Vineta-Kapelle heiraten zu wollen.

Und dann kam das Jahr, in dem die Liebe seines Lebens, seine Rotraud eine seltsam rätselhafte Krankheit bekam und nach nur einer Woche die Reise in die himmlischen Sphären antrat. Waldemar hatte immer gedacht, dass er wohl schlecht alleine zurechtkommen würde, aber überraschenderweise empfand er sofort eine innere Erfülltheit, eine innere Gewissheit, dass die Liebe durch alle Zeiten und Dimensionen hindurch in jeder Sekunde die Nahrung unseres Lebens ist. Und nun rief vor ein paar Tagen seine Tochter Vanessa an, um freudestrahlend zu erzählen, dass er Opa werden würde. Für heute hatte sie ihren Besuch angekündigt. Wie immer stürmte Vanessa gleich mit der Tür ins Haus. „Papa, Papa, stell dir vor, ich habe heute Nacht von meinem Kind geträumt. Ich trage eine Tochter unter meinem Herzen und sie hat mir heute Nacht gesagt wie sie heißen möchte. Bitte Papa respektiere diesen Namen, auch wenn er vielleicht etwas anders klingt. Meine Tochter soll Wulfin heißen“.

Zur Orientierung:

Wulfin	Schülerin von Hagla, künftige Priesterin des Alleinen
Wulf	Wulfins zahmer Wolf
Hagla	Erdfrau der Amselleute, Meisterin des Fortbestands
Vanesah	Erdfrau der Hirschleute, Priesterin der Sonne
Sigrun	Erdfrau der Otterleute, Priesterin des Fortbestands
Ragna	Erdfrau der Rebhuhnleute, Meisterin des Nährens
Gunnar	Clanführer der Amselleute
Rana	Ziehmutter von Wulfin, Schwester von Gunnar
Ore	Gefährte von Rana, Fischer bei den Amselleuten
Maria	geschichtsträchtige Bernsteinhexe in Coserow
Svan	Clanführer der Otterleute
Svanja	junge Frau bei den Otterleuten, Tochter des Clanführers

Wollin	junger Schäfer bei den Otterleuten
Arvid	Lell = Onkel von Wulfin, lebt in Ruserberg
Gera	Jägerin in Kaköhl, Freundin von Wulfin
Amselleute	Clan bei Koserow
Hirschleute	Clan bei Lütow
Otterleute	Clan bei Vitt
Rebhuhnleute	Clan bei Kaköhl
Biberleute	Clan auf der Insel des Nordostens
Ahnenmeister	hütet die Ahngeschichte jedes Dorfbewohners
Vineta	Goldene Stadt /Atlantis der Ostsee
Sternengrotte	Gesteinsader an der Steilküste
Waldemar	unser Zeitenwanderer
Rotraud	seine Ehefrau
Vanessa	seine Tochter
Rulibuu	der Familienhund

In eigener Sache:

Ich habe mich ganz bewusst der traditionellen Sprache bedient. Wer das Buch liest, wird bemerken, dass jedem einzelnen Wesen in seiner individuellen Art Hochachtung geschenkt wurde. Die Schöpfung hat in ihrer Vielfalt all die wunderbaren Individuen geschaffen, die mit ihrer Unterschiedlichkeit dazu beitragen, dass unsere Erde in dieser Schönheit erstrahlen kann. Deshalb ist es mir ein Anliegen, durch die unterschiedlichen Worte diese Einzigartigkeit zu beschreiben und die Gleichwertigkeit jedes Einzelnen zu unterstreichen. Wir sind alle Kinder des Lichtes. Gewiss gibt es für dieses Licht viele Bezeichnungen. Egal wie man es nennt, es ist und bleibt Licht.

So wünsche ich allen Kindern des Lichts viel Freude beim Lesen dieses Romans.

Eure

Dane Sopa